陶淵明像の生成

どのように伝記は作られたか

上田武

茨城キリスト教大学言語文化研究所叢書

笠間書院

「飲酒」二十首其五（巻三、詩五言）

陶淵明《とうえんめい》（通説では、三六五～四二七年）は、東晋末から南朝宋の初めにかけて生きた、漢字文化圏において最もポピュラーな詩人のひとりである。

六朝五言詩の最高度の芸術的結晶として評価されるこの作品には、自然と人間のいとなみが渾然と融合した尋陽郊外の田園空間（人境）の希有なやすらぎが流露し、人間生存の一つの原点に光をあてたものといえよう。

結廬在人境　而無車馬喧
問君何能爾　心遠地自偏
采菊東籬下　悠然見南山
山気日夕佳　飛鳥相与還
此中有真意　欲弁已忘言

廬《いほり》を結びて人境に在り　而《しか》も車馬の喧《かしま》しさ無し
君に問ふ何ぞ能く爾《しか》るやと　心遠ければ地自《おのづ》ら偏《へん》なり
菊を采《と》る東籬《とうり》の下《もと》　悠然南山を見る
山気　日夕《につせき》に佳く　飛鳥《ひちょう》　相与《あいとも》に還《かへ》る
此の中《うち》に真意有り　弁ぜんと欲して已《すで》に言を忘る

官僚勤めのきずなから解き放たれ、伸びやかな日びが過ぎてゆく。とある夕暮れ方、東南遥かに廬山の陵線をふと目にした。その瞬間、人は自然の摂理によって生き、やがて死を迎えるという想念、いや、そんな言語では表しようのない酩酊感に作者がひたされたことを、深い余韻を響かせる終末二句中の「真意」という熟語は伝えている。

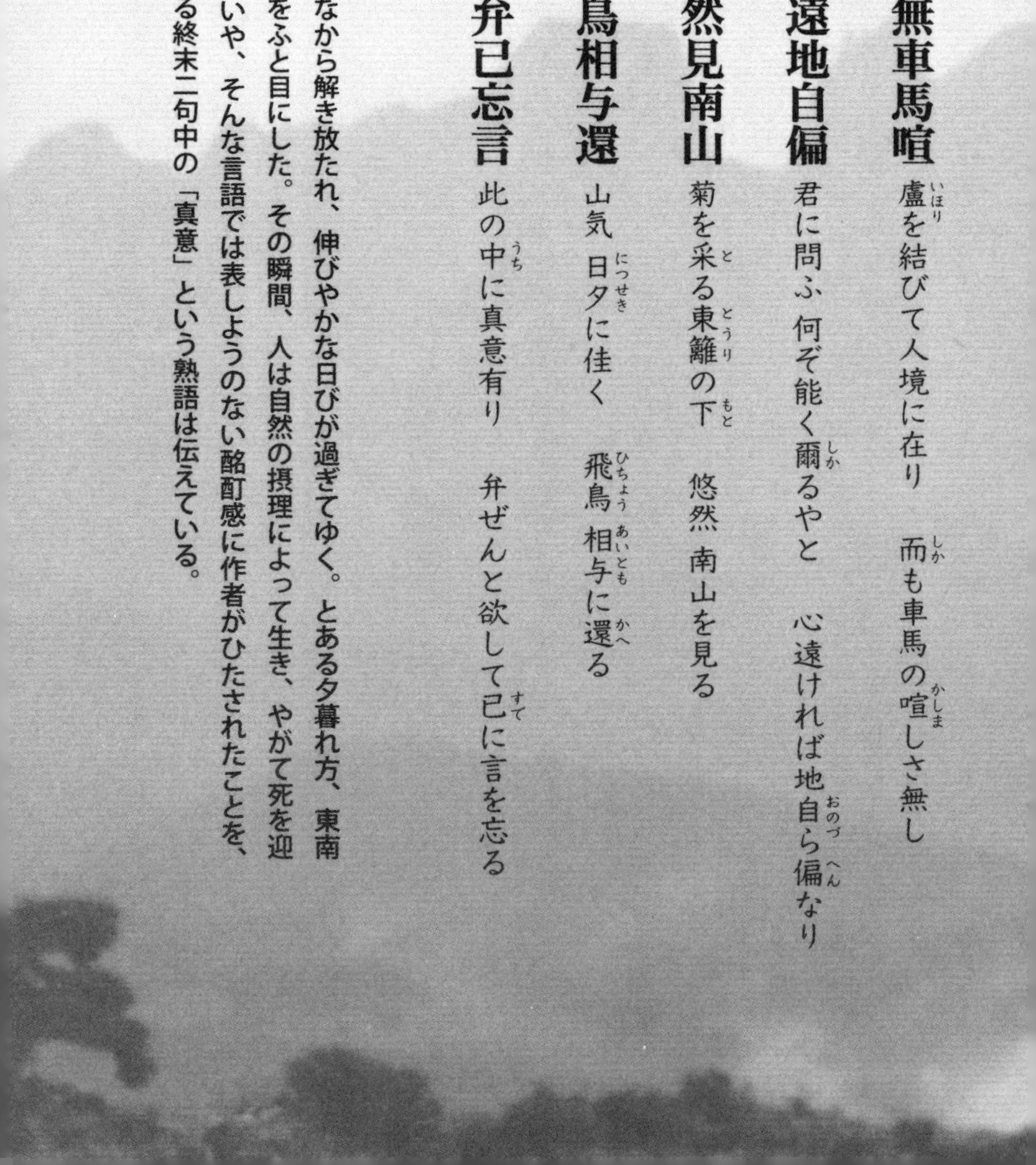

［凡例］

一、陶淵明の詩文は袁行霈『陶淵明集箋注』所引の「汲古閣旧蔵本」（中華書局・二〇〇三年）を底本とした。

一、中国古文の表記は原則として常用漢字を用いるなど、読み易さに配慮した。

一、読み下し文の表記は以下のようにした。

・引用文は原文の後一字下げて示した。

・本文中では「＝」の以下に示した。

はじめに

陶淵明は東アジア漢字文化圏において最もポピュラーな詩人の一人である。

中国をはじめ、韓国、日本など、東北アジア地域の陶淵明研究ネットワーク作りに尽力されている陳忠氏の報告*によれば、一九九五年の三月に実施された『光明日報』社および高等教育出版社共同の「袖珍（ポケット型）読書傾向アンケート」における、読者の愛好する四人の古典詩人では、第一位に李白、続いて杜甫、陶淵明、王維の名があげられたということである。

アンケートの対象者は、中国のおおむね中等教育以上の教師か、それと同等の知識人であった。紀元前十一世紀にうたわれた『詩経』大雅、周頌以降、十九世紀までの長期にわたる詩の歴史から、盛唐期の三名（李白、杜甫、王維）が指名されるのは当然として、唐以前の一七〇〇年間においてただ一人陶淵明が選ばれるという希有な現象は、この詩人に寄せられる読者の思いが並一通りのものではないことを印象付けずにはおかない。

ところが、陶淵明ほどまた謎に包まれた人物も他にいない。淵明の生没年から始まって、役人としての出仕から辞退後の生活の実態など分からないことが多い。その象徴と言うべきものが彼の名前である。この「はじめに」でも、冒頭から「淵明」と呼んでいるが、実はこの呼び方には随分と問題がある。詳しくは第Ⅲ章で論じるが、中国の数多い文人の中でも、一人の人物を根本的に特徴づける名および字《あざな》が未確定な例は稀有といわねばならない。現在に残された彼の作品は、四言詩が九首、五言詩が百十五首、賦・辞・記・伝その他の文が十五篇と数えられるが、個々の作品と作者その人との間には、濃い霧が立ちこめている。

我々日本の読者は、その霧の向うの作者に自由な思いを馳せ得るところに「陶詩」の魅力を覚えてきたと言ってよいかも知れない。漱石の『草枕』冒頭部分などは、その典型である。

「うれしいことに東洋の詩歌はそこ（いくら詩的になつても地面の上を駆け歩いて、銭の勘定を忘れる暇がないこと）を解脱したのがある。〈菊を採る東籬の下《もと》　悠然として南山を見る〉ただそれぎりのうちに暑苦しい世の中をまるで忘れた光景が出てくる。垣の向うに隣の娘が覗いているわけでもなければ、南山に親友が奉職している次第でもない。超然と出世間的に利害損得の汗を流しさった心持になれる。」

一方中国の読者は、陶淵明その人の姿に、好ましい隣人に出会ったときに覚える親近感と、俗世を超越した高潔な生き方への深い敬意をもって接しようとしてきた。そこには「霧」というような疎隔感など全く意識されていない。文学にあまり縁のない人であっても、陶淵明について最初に浮かぶのは人物に対する親しみの思いであり、それに続いて詩文のいくつかが甦ってくるというのが実際であろう。しかし、このような陶淵明への親しみは、中国の文人が永い歴史の中で陶淵明の史実を徹底的に探り、考証し、伝として記述してきたことの結果に他ならない。そのような努力が民族の血肉と化して、淵明への親近感として花開かせていることを忘れてはならない。

小著は、陶淵明の死後およそ千六百年にわたり、中国の知識人が陶淵明の伝記をどのように構成し、その人柄をどう理解してきたかを明らかにすることによって、日本の読者と陶淵明との間にある「霧」を少しでも晴らそうとするのが目的である。

私は、一九八七年、北京師範学院（現首都師範大学）教授・寥仲安先生の許諾を得、その著『陶淵明』の日本語訳（『陶淵明伝』汲古書院）を刊行することができた。原著は青年を対象とした啓蒙書という立場から、脚注などは最小限にとどめられ、日本の新書版程度の分量であった。だが、翻訳をすすめてゆく過程で、簡単に見える記述の背後に陶淵明の人生の茫漠としたとらえがたさに起因する、過去の厖大な研究の歴史がよこたわっていることが痛感された。

私は、この時の経験から、いずれは陶淵明伝に一歩でも立ち入って、より系統的な「研究史」を組み上げたいという希望を抱きつづけてきた。したがって、小著はこの十九年前の訳注書の折に成し得なかったことへの再挑戦ということにもなる。とはいえ、かの地においては、この二十年ほどの間、いわゆる「陶学」興隆のめざましい勢いが生じている。その成果をもできるだけ学び取り、本書の中に生かすことが筆者の分に過ぎた期待でもある。

＊「二十世紀の日・中・韓における陶淵明の研究」(日本『六朝学術学会報』第四集。二〇〇三)

目次

はじめに……5

Ⅰ　陶淵明の原像……15

一　現代中国における陶淵明像……15

二　陶淵明の基礎的史伝……18

三　歴代中国における陶淵明像の変遷……28

Ⅱ 淵明史伝の原型 『宋書』隠逸伝・陶潜……38

一 沈約の「陶潜伝」への思い…38
二 陶潜伝本文――その一…40
三 「五柳先生伝」（本文文末の論賛は省略）…40
四 陶潜伝本文――その二…42
五 「帰去来（兮辞）并序」…45
六 陶潜伝本文――その三…52
七 「与子儼等疏」…55
八 「命子」詩…64
九 淵明の死…72
一〇 各史伝の比較対照…72
一一 陶淵明の原像…76

Ⅲ　陶淵明の名前と生没年……79
一　名前と字について…79
二　享年の通説と異説――南宋から民国一九二〇年代まで…83
三　陶淵明の生没年――一九三〇年代の論議の中断…99
四　人民共和国建国以来の新たな問題提起…102
五　陶淵明の生没年――九〇年代の新説…104
Ⅳ　陶淵明の家系……115
一　父系…115
二　母系…122

Ⅴ　陶淵明の故居……125

一　生まれ故郷の風景…125
二　江州、尋陽郡、柴桑県と陶淵明…129
三　考古学領域からの尋陽、柴桑城址の確認…130
四　廬山南麓の故居説に対する批判――その一、楚城説批判…132
五　廬山南麓説への批判――その二、〈栗里説弁偽〉…137

Ⅵ　青壮年期まで（帰隠以前）の陶淵明……142

一　青年期まで…142
二　最初の官吏任用…145
三　反逆者桓玄の幕府に出仕…148
四　鎮軍参軍就任をめぐる問題…154
五　建威参軍就任をめぐる問題…164

Ⅶ　陶淵明の隠逸生活と死……170

一　二十一年の隠逸生活とその時代の状況…170

二　陶淵明と死…177

三　「自祭文」をどう読むか…180

陶淵明年譜（通説・異説）…186

おわりに（補遺を兼ねて）…197

I 陶淵明の原像

一　現代中国における陶淵明像

「はじめに」で紹介した陳忠氏の報告のように、中国での陶淵明に寄せられる読者の思いは並一通りのものではない。では、その中国の人びとが、陶淵明のどのような面に惹かれるのか。まずこの点を問題にし、その内実を明らかにすることから始めたい。そこで、現在第一線に立って活躍されている著名な研究者の著作の前言、跋文から相当する部分を引用する。

①魏正申『陶淵明集訳注』前言（文津出版社・一九九四）

偉大な詩人陶淵明は、彼特有の思想と人格が一貫して歴代の人々を励まし、またその輝かしい芸術上の実践が代々の作家を啓発し続けてきた点において、中国の歴史上屈指の文化面での名士である。

②袁行霈《えんこうはい》『陶淵明研究』跋（北京大学出版社・一九九七）

ある種の作家は作品で読者を引き付け、一般の読者はその人格や行動を重視しない。だが別種の作家について、読者は作品以外にも彼の人柄や言動に作品同様深い関心をもって語り合う。陶淵明はあきらかに後者の部類に属している。彼の詩文で今に伝えられるものは百余りに過ぎず、もし彼について何も知らずに、それらの作品に目を通すだけなら、理解している場合に較べて、興趣は半減するに違いない。我々は彼の数々のエピソードを熟知している。例えば葛巾《かっ》で酒を漉したこと、無絃琴のこと、彭沢の公田全部に酒造りに適した秫《じゅつ》稲（餅米）を植えさせようとしたこと、五斗米《べい》の俸禄に甘んじていられるかと、澎沢の令を辞職したこと、顔延之《がんえんし》が与えた二万銭をそっくり酒屋に渡したこと、江州刺史檀道済《だんどうせい》が贈った梁肉（上等の米や肉）をつき返したこと、躬耕生活の状況、来客に「我酔ひて眠らんと欲す、卿《きみ》去るべし」と率直に告げたこと、これらのエピソードと彼の作品が融合されるや、一人の生き生きした人物が目の前に立ち現れてくる。まさにこの人物は彼の作品と結び付いて、我々に深い影響を与えるのである。

③龔斌《きょうひん》『陶淵明伝論』自序（華東師範大学出版社・二〇〇二）

この二十年来、陶淵明の研究は中国古典文学研究の一つの焦点となり、次次と著作が世に問われてきた。今回自分の著書のペンをとるに当たって、私はどのように書いたものか再三思案した。他の人たちの著作とどのような点で特徴づけたらよいのか。ときには陶淵明の文学伝記をまとめよう思ったりした。だが結局は主人公の生涯の資料が余りに少なく、かつ不正確なため、この考えは放棄せざるを得なかった。そして現実問題として最も価値のある陶学研究は、やはり陶淵明の人格と思想を再現し、彼の詩文の芸術的秘密を解き明かすことにあるのではないかという点にゆきついた。同時にまた私からすれば、これまでに公刊された陶学の専著は、大多数が論文集であり、体裁形式が大同小異であったことである。「伝」と「論」とを統一できるか否か、読者に陶淵明の生涯を理解してもらえるとともに、詩人の人格および思想と作品に対して系統的な評価を加えることができるかどうか。私はそれが可能だと思った。かくてこの著作に『陶淵明伝論』と題した次第である。

小著冒頭に紹介した「袖珍読書傾向アンケート」の結果と、前記三篇の序・跋を重ね合わせてみることによって、私たちは現在の中国における陶淵明を「偉大な詩人」とする高い評価、あるいはそれに付随する愛好が、どのような特徴を持っているか、かなりはっきりと指摘することができると考えられる。始めに引用した魏正申氏の『訳注』前言では、「彼自身の思想と人格」が芸術上の実践より優先して取り上げられている点がまず注目される。次に引く袁行沛氏の『研究』跋文においては、魏氏の観点がより具体化され、エピソードを中心とする陶淵明の人柄、人格と思想への親近感や敬慕が、作品に接近するための必須の条件として強調されている。これに対し龔斌氏の『伝論』自序は、陶淵明の伝記を綴るうえで、拠りどころにできる資料が余りに少なく、かつ不正確なことを述懐する。詩人陶淵明は、深い歴史の霧に包まれた存在であり、その人物像は流動する雲霧の間に見え隠れしながら、多くエピソードの形を通して、後の世に伝えられ、エピソードと伝記的事実との間にはっきりとした一線を画することは不可能である。その困難を克服しようとして、陶淵明の「人格と思想を再現し、彼の詩文の芸術的秘密を解き明かし」「読者に陶淵明の生涯を理解してもらえるとともに、詩人の人格および思想と作品に対して系統的な評価を加える」という龔斌氏の意図は、客観性を重んじる点で極めて真摯かつ重要である。しかし「自序」の冒頭部分において、龔氏が一九八五年、九江での陶淵明座談会に出席し、廬山の山容を仰ぎ見、淵明の墓に詣でた折、かの五柳先生が目の前に立つがごとき感動を味わった体験を記していることからするなら、龔氏自身中国人以外には実感しがたい陶淵明に対する人間的親近感を抱いていることは明らかである。

二　陶淵明の基礎的史伝

淵明が生きたのは、大まかにいえば西暦四世紀とほぼ重なり合う東晋王朝（三一八～四一九）のなかばから五世紀初頭・南朝宋（劉宋）（四二〇～四七八）創建直後の時期であり、彼が生涯の大半を過ごしたのは、両王朝の首都建康（今の南京市）から、長江を五〇〇キロ余りさかのぼった江州尋陽郡柴桑県(今の江西省九江市とその周辺)であった。江州は建康、会稽を中心とする揚州や、江州からさらに五〇〇キロほど上流の荊州にくらべ、長江水運の中継的役割を担いながらも、政治的・経済的にはかなり立ち遅れた行政区域であった。

東晋建国当初、赫赫たる武勲をあげ、王朝存続の基盤を築いた長沙郡公陶侃《かん》の曾孫だといっても、王氏、謝氏など北來貴族を中心とする支配層から見れば、南人である侃の庶系子孫としての淵明は、所詮一介の田舎士族に過ぎなかった。ただ隠逸の風潮が重んじられたこの時代、劉遺民、周続之とならぶ尋陽の三隠の一人にあげられ、地域社会の名士となった彼は、中央から派遣されてくる王弘や檀道済といった刺史(何らかの将軍職をも兼務する州の行政長官)からも、しばしば引見の誘いをかけられる立場にあったことは確かである。(1) 一方、天性の詩人でもあったその作品は、西晋(二六五~三一七)太康年間(二八〇~二八九)の「三協・二陸・両潘・一左」と称された古典的修辞主義作家たち(2)の風を受け継いでゆこうとする謝霊運・顔延之らに代表される、東晋から劉宋にかけての詩壇の傾向から大きくかけ離れたものであった。淵明以後の南北朝時代の詩文に関係する文献で、彼に言及するものが次の範囲に限られていることは、その文学が大勢《たいせい》の中で孤立していた事実をはっきり物語っていよう。

1・宋の鮑照(?~四六六)「学陶澎沢体詩(陶澎沢が体に学ぶ詩)」
2・梁の江淹(四四四~五〇五)「擬陶徴君田居(陶徴君の田居に擬す)」詩
3・梁の昭明太子蕭統(五〇一~五三一)「陶淵明集序」

4・梁の鍾嶸《しょうこう》（四六八?～五一八）『詩品』中品、陶潜

5・北斉の陽休之（?六世紀中葉）「陶集序録」

6・北斉の顔之推（六世紀末～七世紀初頭）『顔氏家訓』下・文章篇（梁の簡文帝が『陶淵明集』を愛読していたという一句）

7・梁の蕭統篇『文選』中に採録された淵明の詩文――「始作鎮軍参軍、経曲阿作詩（始めて鎮軍参軍と作《な》り、曲阿を経る詩）」「辛丑歳七月、赴仮還江陵、夜行塗口作詩（辛丑《かのとうし》の歳七月、赴仮して江陵に還らんとし、夜塗口を行く詩）」「挽歌詩其三」「詠貧士詩其一」「読山海経詩其一（山海経《せんがいきょう》を読む詩）」「擬古詩其七」「帰去来（辞）」

だが、当時詩人としてはマイナー扱いされながら、隠士陶淵明は期せずして大向こうから喝采を浴びるタレントと見なされるようになっていった。彼の伝記が他に例を見ない数で書き残されている最大の理由は、彼が世人の好尚に自然に適応した個性的隠士であったことにほかならない。彼自身が残した「五柳先生伝」や、『宋書《そうじょ》』陶潜伝を始めとする史伝のエピソードを通して浮かびあがってくるのは、「村夫子《そんぷうし》」といった風貌を漂わせた平凡なおやじさんである。

歴史的に見るならば、人々の関心を引いた淵明の生き方は魏・晋の貴族の間に流行していた清談・玄談と並行してもてはやされた「高士」の姿とは、すこぶる趣を異にしている。嵇康《けいこう》（二二三～二六二）の『聖賢高士伝』を皮切りに、皇甫謐（二一五～二八二）の『高士伝』、范曄《はんよう》（三九八～四五五）の

『後漢書』逸民伝などを経て『宋書』隠逸伝に至るまで、登場する隠士の多くは、富貴を塵芥のごとく軽んじ社会から孤絶し、人間臭さをほとんど蒸留し去った「高尚」の結晶体のごとく描き出されている。彼らは自分を表現するのに、日常的な会話すら用いず、暗黙の行動の範囲に限定していた。『宋書』隠逸伝の序には次のような一文が見える。

「夫れ（そもそも）隠の言為《た》る（言葉の意味は）迹（行動が）外に見えず、道（理想、目指すところ）知るべからざるの謂いなり」

だがことばで伝達しない限り、隠士の目標、行動の内容を理解することは、一般には不可能である。『宋書』陶潜伝の直前に記録される翟法賜《てきほうし》などは、身内の者への情愛すら顧みない点で、右のような隠士の典型といえよう。

ちなみに『宋書』翟法賜の本伝を紹介すれば次のごときものである。翟法賜は淵明と同じく江州尋陽郡柴桑県の人である。曾祖父は湯、湯の子は荘、荘の子は矯、いずれも俗世界を低く見て宮仕えをせず、官僚への取り立てをことわり続けた。この矯の子が法賜である。

法賜は年少から祖父の生き方を受け継ぎ、廬山の頂に小屋を立て、親の死後は二度と実家に戻らなかった。五穀を食らわず、獣の皮を草で結んだものを衣服とし、同郷の仲間や従兄弟（いとこ）でも、会うことができなかった。

州庁では主簿（文書管理の責任者）として召し、さらに秀才（中央政府の高級官僚の候補者）兼右参《ゆう》軍（将軍職の参謀、右は未詳）、著作佐郎（国史編纂所の副主任）、また員外《うんがい》散騎侍郎（皇帝の諫官兼法令の伝達官）などに推挙したが、すべて拒絶した。のち家族が住みかの石むろに尋ねていったため、さらに遠くに移り、官庁の招聘を忌避し、深山にすがたをくらましてしまった。

尋陽郡の太守鄧文子は朝廷に次のような文書を奉った。「詔を奉じて郡の民をえりすぐり、新たに、著作佐郎に任命いたした南陽の法賜については、加えて員外散騎侍郎に指名いたしましたが、法賜は廬山に跡をくらましてしまいました。その一族は今に至るまで四代、人里離れた岩山に住みつき、世の人々と会うことも稀でございました。もし皇帝の掟を以て命令し、厳罰により拘束するというやりかたで、捕獲を目的に草を分け山狩りをいたしますならば、結局はその男を死に追いやり、徳化のゆきわたった聖代を傷つけるかと恐れられます。」かくて翟法賜の任用は沙汰止みとなった。

その後巌石の間に行き倒れたままの遺体が見出されたが、死去の年月は不明である。

ともあれ、陶淵明は「高士」ではない隠士であり、かつ詩人であった。彼は中央から派遣されてくる高級官僚とは、厳しく一線を画しながら、それ以外の各層の人々とは分け隔てなくつきあい、何よりも自由を愛し、酒と詩文に親しみ、みずから農民たちに交じって野良仕事に携わりもした。

以下にあげる五篇の「基礎的史伝」の記述は、淵明の作品表現と時に合致し、時に乖離しながら、袁行沛氏の言うがごとくに、読者を陶淵明の文学空間にいざなう役割を果たしてくれるであろう。

①『宋書《そうじょ》』巻九十三隠逸伝・陶潜（梁、沈約《しんやく》・字は休文）

宋王朝の歴史の編纂は、すで四三九年（宋の文帝の元嘉十六年）に着手されたが、短期間で中止され、四六二年（宋の孝武帝劉駿の大明六年）あらたに徐爰《じょえん》に編纂命令が下された。これは、一応六十五巻までができあがり、『隋書《ずいしょ》』経籍志にその存在が記録されているが、原書は亡佚《ぼういつ》した。

南斉王朝（四七九〜五〇一）に入り、改めて前王朝の歴史編纂が計画されたのは四八七年（武帝蕭《しょう》賾《さく》の永明五年）の春であった。修撰の命は太子家令《かれい》兼著作郎の沈《しん》約（四四一〜五一三）に下された。約は翌年の二月、紀、伝七十巻を完成させる早業をやってのけた。(3)

沈約の父は宋の武人であり、文帝末期、帝室内における父子兄弟間の骨肉の争いの中で非業の最後を遂げた。約は貧窮とたたかいながら、学問に励み、詩文の美は当代に冠絶するという世評を受けた。また、宋、斉、梁の三王朝に仕え、政治の中枢に食い込むとともに、南斉武帝の第二児竟陵王・子良を囲む文人八友の一人に加えられ、声律を重んじたいわゆる永明体の詩を創造し、その理論化としての四声八病《はちへい》説を活用し、文壇の中央にあって活躍を続けた。

『宋書』隠逸伝陶潜伝（一般に『宋書』本伝という呼び方を用いる）は、六十三歳（通説）の享年のうち五十五歳までの人生を前王朝東晋時代の士人として過ごした淵明であるのに、沈約自身があえて宋代人に位置づけ、その文学的創意をこめて執筆したものと見なされる。陶淵明について、他の史伝のすべてが、『宋書』を模倣し、それぞれ何ほどかのアレンジに工夫を凝らそうとしているのは、淵明の死から約六十年後という、最も時代を近くする伝記であり、新たに付加する資料がほとんど存在しなかったということとともに、沈約の文章力そのものに脱帽したためであろう。要するに人間陶淵明の原像は『宋書』によって形作られたという事実を、私たちは確認できるのである。

なお『宋書』本伝については、第Ⅱ章で改めて詳細を取り上げる。

②「陶淵明伝」（梁の昭明太子蕭統・字は徳施）
文学をこよなく愛し、『文選』の編纂責任者であった蕭統は、個人として陶淵明の人格を敬慕し、その作品を熱愛していた。当時『陶淵明集』の篇次が錯乱していたのを残念に思った彼は、みずから編集し直し、「序」、「伝（実体は『宋書』本伝の一部手直し、本章第五節史伝資料の比較対照を参照）」、目録を付けた。淵明の死後およそ百年を隔てての試みであった。この蕭統本はおそらく六朝末から唐にかけて亡佚したが、序と伝は北斉の陽休之本を媒体として、北宋以後の諸本の付録として掲載され、現在までほぼ完全な姿を保って伝えられている。

③『晋書《しんじょ》』巻九十四・隠逸伝、陶潜（唐の房玄齢、褚遂良《ちょすいりょう》、許敬宗が監修、他十八人が執筆）
この書は唐の太宗李世民（六二八～六八三）みずからが、西晋の宣帝（司馬懿《しばい》）、武帝（司馬炎）の二本紀、陸機、王羲之両伝のそれぞれ史論を執筆するという力のいれようで、六四六年（貞観二十年）に開始、六四八年（貞観二十二年）成書した。だが唐初にはすでに前代の私人による晋史が二十余種も存在し、専史以外にも大量の資料が残存していた。一方編纂者たちは南斉の臧栄緒《ぞうえいしょ》の『晋史』を底本に

し、それに筆記小説の記事などで潤色した程度にとどまっていたため、劉知幾の『史通』をはじめ当時の学界から手厳しい批判が集中した。

④『南史』巻七十五隠逸伝・上、陶潜（唐の李延寿）
李延寿（生卒年未詳、太宗の貞観年間、太子典膳丞・崇賢館学士などを歴任）は父大師の意志を継ぎ、南北朝を二分し、それぞれを統一した『南史（南朝宋、南斉、梁、陳）』、『北史（北魏、北斉および東魏、周および西魏、隋）』の編纂を六五九年（高宗・李治の顕慶四年）完成させた。このような総合的な史書を作成したのは、南北朝各国の史書の記述において、同一事件についての史実や視点が、相互に大きく食い違っている例が多く、また南朝側は北人を「索虜（索は弁髪・北方民族が多く弁髪であった風俗の蔑称）」、北人は南人を「島夷（南人が海岸近くに居住していたことの蔑称）」と呼ぶような差別語の使用などが、新しい統一国家にとって好ましいものではないという観点によるものであった。『南史』、『北史』は簡潔な文章とあいまって、史実の正確さということにおいて、他の個別の史書より世にひろまった。

⑤『蓮社高賢伝』不入社諸賢伝、陶潜（無名氏）
「蓮社」は「白蓮社」の略、雁門（今の山西省代県）出身の釈慧遠《しゃくえおん》が、その師道安の意向を受け、浄土信仰を江南に普及するため、廬山西麓に東林寺を建立し（三八六年・東晋の孝武帝・司馬曜の太元十

一年)、その後僧俗の自由に加入できる条件で結成した結社。『高賢伝』は慧遠を中心とする僧侶や周続之、雷次宗など俗界でも活躍していた名士たちの略伝を集め、最後に慧遠らとなんらかのかかわりを持ちながら、結社に加入しなかった陶潜、謝霊運、范寧の三名が「不入社諸賢伝」の題で列せられている。この『高賢伝』の淵明の部分は『宋書』以下の諸伝をつきあわせて、簡略化したものと見なされる。

右の五篇の史伝以外に、淵明と同時代の後輩(通説によれば、十八歳年下)顔延之、字は延年(三八四~四五六)の「陶徴士誄《るい》」(『文選』巻五十七所載)も、伝記資料として引用されることがある。延之は四一五(安帝の義熙十一年)後軍《こうぐん》将軍兼江州刺史・劉柳配下の後軍功曹として尋陽に赴任し、淵明と親交を持ったことは『宋書』陶潜伝にも記されている。延之は劉宋を代表する詩人として謝霊雲と肩をならべ、難解な典故と奇抜な対句による華麗な詩風によって注目を集めた。

誄は死者生前の徳行を列記し、それに基いて諡《おくりな》を定める追悼文である。したがって「陶徴士誄」の表現は、淵明がいかに当世稀に見る高潔な隠士であったかを強調する点に重点が置かれ、序の部分で僅かに生前の閲歴に触れはするものの、極めて抽象的であり、本文にいたっては華麗な修辞を散りばめた四言の押韻句に終始する。またこの誄(「顔誄」と通称される)は、誄の通例として記録される享年が欠落していることをはじめとして、誤るはずのない地名も不正確であり[4]、伝記資料として扱うにはエピソード類より更に慎重さが必要であろう[5]。

【注】

（1）陶淵明が江州地域では「三隠」の一人に数えられる有名隠士であったことは、蕭統の伝記以降の各史伝に、また刺史王弘がなんとか淵明とよしみを結ぼうと策略したこと、劉宋になって刺史に赴任した檀道済が、米肉を携えて見舞いにきたことなどは『宋伝』『蕭伝』等にそれぞれ見えている。また淵明自身の「於王撫座送客＝王撫軍の座において客を送る」詩は王弘の宴に陪席したことを明らかに語るものである。江州刺史権力と陶淵明の複雑な関係は、石川忠久『陶淵明とその時代』（研文出版、一九九四）で詳細に跡付けられている。

（2）首都洛陽を中心とし、賈《か》皇后の弟賈謐《かひつ》を中心としたサロンで活躍した、張載、張協、張亢兄弟、陸機、陸雲兄弟、潘岳、潘尼の叔父甥、左思の文人メンバーを指す。（梁の鍾嶸『詩品』序）

（3）後代の歴史家は、一年弱という草卒の間にまとめあげられた沈約の『宋書』は、徐爰ら先人の旧作の改作や補正であると見なすのが一般であったが、全体を通して沈約自身の主体性が貫かれた個性あふれる「作品」であるとする、若い学徒、稀代麻也子氏の論証（『「宋書」のなかの沈約――生きるということ』汲古書院、二〇〇四）は、極めて新鮮な問題提起である。

（4）「顔誄」の陶淵明死去の記述は、「春秋若干、元嘉四年某月日、卒於尋陽県柴桑里。」となっているが、正しくは「尋陽郡柴桑県」である。具体的には、第五章第二節を参照。

（5）本節で取り上げた『宋書』以下各正史の編纂の経過は、一九五九年に初版を発行した中華書局版標点本『二十四史』の「出版説明」を参考にした。

三　歴代中国における陶淵明像の変遷

中国で歴代積み重ねられてきた陶淵明の詩文の読まれ方、およびそれに伴って形作られた人物像は、大きくは四つの時期に区別されよう。

第一期は淵明の死後から唐代（六一六〜九〇七）草創までの間、この二世紀間に正史の各隠逸伝を中心とする史伝類が成立した。ただそこでは淵明は高潔、瓢逸な隠士として評価され、詩人としての側面は鮑照や蕭統など少数の例外を除いては、修辞主義中心の貴族文壇からはほとんど無視されていた。

第二期は唐、宋（北宋九六〇〜一一二六、南宋一一二七〜一二七九）の時期、初唐の王績を皮切りに、盛唐の孟浩然、李白、杜甫、中唐の韋応物、韓愈、白居易、柳宗元などの大詩人が淵明に対しひたむきな敬慕と高い評価をささげた。特に孟、韋、柳氏などは、淵明を直接に継承する山水田園詩派と後人から見なされている。唐の文人たちは文芸批判の正面きった論議をあまり書き残していないが、宋朝には詩話がおこり、詩文を批判する傾向が強まった。蘇東坡（一〇三七〜一一〇一）は淵明詩の表現の複雑多彩さについて[1]、朱熹（一一三〇〜一二〇〇）は淵明の人格の豪放さについて[2]、極めて新鮮で独創的な見解を示し、陸游、辛棄疾《しんきしつ》あるいは金朝（一一一五〜一二三四）の元好問が陶淵明を尊重したことや東坡が和陶詩[3]を作成したことも後代に大きな影響を与えた。

第三期の元（一二七九〜一三六七）、明（一三六八〜一六六一）、清（一六六二〜一九一一）の時代には、淵明の地位はすでに不動のものとなっていた。淵明論は細密さを増すとともに、南宋末の湯漢を嚆矢とする注釈類が数多く作られ、特に清朝になってから、それらと平行して十指を越える年譜・作品繁年（それぞれの作品の制作年の考証）が生み出された。中国近世の淵明の作品研究、伝記研究の精華とされる陶澍（一七七八～一八三九）の『靖節先生集注』、「靖節先生年譜考異」が上梓されたのは、奇しくも近代開始の狼煙ともいうべきアヘン戦争勃発の一八四〇年（道光帝・愛親覚羅旻寧《びんねい》の道光二十年）であった。

第四期は辛亥（一九一一）・五四（一九一九）革命期から現代を結ぶ、近代的文学史を創造しようとする研究者たちが苦闘を重ね、数多くの知見を生み出した二十世紀である。その第一歩は梁啓超（一八七三～一九二九）の「陶淵明年譜」（『陶淵明―「陶淵明文芸及其品格」「陶淵明考証」をも含む』上海商務印書館、一九二四）によって踏み出され、三〇年代にかけて魯迅の政治、社会の視角からする鋭い問題提起(4)、朱自清の着実な実証(5)などを経て大きな発展を遂げてきた。

以上陶淵明にきびすを接する時代から、人民共和国建国（一九四九）前に至る一五〇〇年間、中国におけるその人生あるいは文学がどうとらえられてきたかの変遷の輪郭を、それぞれの時代の代表的な文学者の反応を通して跡づけてきた。建国以後四十年間は、いわゆる「陶淵明論争（一九五八～六二）」に象徴されるような紆余曲折があったが、一九八〇年以後、国際的交流なども背景にして、「陶学」研究の量・質は飛躍的な発展を遂げてきた。一年間に発表される研究論文の数が七〇から一〇〇篇に達し、「陶学」と呼ばれる独特な研究領域が形成されているのも、その現れといえよう。その成果を客観的に判定するのは今後の課題に属するが、二十世紀末における伝記的側面における集約の状況を把握することが、過去と未来の研究を結びつけるうえで、重要な意味を有していると考えられる。

ここでは辞典的・教科書的記述の一例として次の文章を紹介しておく。出典は『中国文学大辞典』第七巻、天津人民出版社、一九九一、筆者は呉小平氏である。なお引用は伝記部分に限り、文学上の評価の部分は割愛する。

陶淵明（三六五〜四二七）東晋の文学者。一名は潜、字《あざな》は元亮。尋陽郡柴桑《さいそう》県（今の江西省九江市）の人。代々官僚の家に生まれた。曽祖父の侃は東晋建国の元勲で、地位は大司馬（軍の最高責任者）にまで進んだ。祖父と父も郡の太守（長官）や県令（県知事）などの職に就いたことがあった。外祖父の孟嘉は東晋の名士で、征西大将軍桓温の長史（幕僚長）を勤めた。淵明は「子に命《なづ》く」の詩で曽祖父について「功遂げて辞し帰り、（天子の）寵に臨みて忒《たが》はず（恩寵に甘えないという初心を変えなかった）。孰《たれ》か謂ふ斯《こ》の心、而近得《う》べしと」とたたえ、父親に対しては「淡焉として（淡泊で）虚《むな》しく（虚心で）、跡（生き方）を風雲に寄せ（自然にまかせ）、茲《こ》の慍喜（怒りや喜び）を冥《くら》くす（表情に出さなかった）」と賛美している。また外祖父を「行ひは苟合《こうごう》せず（人に迎合せず）、言に夸矜《こきょう》（自慢の口調）無く、未だ嘗て喜慍（喜怒）の容《かたち》有らず。好んで酣飲《かんいん》し（酒を楽しみ）、逾《いよ》いよ多くして乱れず。懐ひに任かせ（気分に任せ）意を得《う》るに至れば（酒興が乗ってくると）融然として（陶然として自他の境が消えた様子で）遠きに寄せ（遥か俗世の外に心を遊ばせ）傍らに人無きがごとし。」（「晋の故征西大将軍の長史・孟府君の伝」）と称賛している。これらの賛辞から、家庭環境が彼の性格に与えた影響が感じられるが、その家系は淵明が跡継ぎになるころには没落の状況を迎えていた。父は早く他界し、少年期の淵明は貧困生活とたたかわねばならなかった。顔延之が誄文中で「少《わか》くして貧病、居に僕（下僕）妾（下女）無し。井臼《せいきゅう》任せず（水汲みや臼ひきは自分でやり）藜《れい》菽《しゅく》（あかざや豆などの粗末な食事）も給せず（思うにまかせなかった）。」と記しているがごとくである。だが彼は行き届いた家庭教育を受けたため、群書を博覧し、老荘を読み、六経《りくけい》（儒学の古典）に親しむ機会を待つことができた。しかも興味関心は多方面にわたり、自然を愛好し、また広い世界で活躍することをも志した。

二十九歳の時「親老い家の貧しさ」に迫られ、役人となって暮らしを立てようとし、江州の祭酒（職務内容は第VI章第二節を参照）として起家（始めて役人に就任する）した。だが「吏職（の煩わしさ）に堪えず、少日にして、みずから綬（肩から脇にかける職階を示す帯）を解いて帰郷した。そのうち州は主簿（事務主任）として召したが、それには就こうとしなかった。のち家にあること六年、躬耕（士分の者がみずから農業労働をすること）をもって自活した。以後荊州刺史桓玄の属官を勤めたりしてから、四〇四年（晋の安帝の元興三年）、鎮軍将軍劉裕の参軍に転じ、同年地方官として出て、彭沢の県令（江州）に任じた。だが在任八十日で突然辞職し、郷里にもどり、隠士の生活に入った。その折の作「帰去来兮辞」中で辞職の理由を「程氏の（に嫁いだ）妹武昌にて喪《みまか》る。情は駿奔《しゅんぽん》に在り、（駆けつけてやりたい思いに駆られ）、自ら免じて職を去る。」と述べているが、実情は次のような淵明自身の内面の葛藤によるものといわねばならない。「質性（自分の気質）は自然にして（形にこだわらずありのままであろうとするところにあり、）矯励《きょうれい》して（自分を偽って無理に励もうとしても）得る所に非ず。（官を止めれば）飢凍切なりと雖も、己に違へば（自分の本性にそむいている以上）交ごも病む（心身ともにこの上ない苦しみであった）。」これまでの役人勤めも、生計のためやむなく従事したに過ぎない。このように考えるにつけ、胸が張り裂けるようで、（深く平生の志に違っていることにただ恥じ入るばかりであった）。」「子の儼《げん》等に与ふる疏」においてもまた「性は剛にして才は拙、物と忤《さから》ふこと多し」と自述している。こうして彼はついに郷里に帰隠することによって、これまでの志を遂げたのである。この経過はまさに詩人で朋友の顔延之が「陶徴士誄」で「三命（何度か役職の経験をする）ののち彭沢の令と為る。道（信条が）物に偶《あ》はず。官を棄てて好みに従ふ。」と記すところと一致する。

陶淵明の帰田の始めには、若い作男もおり、躬耕するといっても、ゆとりの時間はかなりあり、暮らし向きも苦しくはなかった。だがしばらくして火事に出遭い家屋は全焼し、生活は日ごとに貧しさを増し、人に食を乞うまでに至った。だが困窮は彼の帰隠の決意を揺るがすことはできなかった。義熙年間（四〇五～四一八）の末、朝廷は彼を著作郎（王朝史の編纂主任）に召し出そうとして拒絶された。四二六年（劉宋・文帝の元嘉三年）淵明は貧窮に病苦が加わり、床についたままの日々を過ごしていた。そこへ、江州刺史壇道済が見舞いに訪れ、尋ねて言った。

「賢者の世に処するに、天下に道無ければ則ち隠れ、道有れば則ち至る。今、子　文明の世に生れ、奈何《いかん》ぞ自ら此くのに如く苦しめるや。」淵明は「潜や何ぞ敢へて賢なるを望まん。志及ばざるなり。」と答え、そのまま拒んで出仕しようという態度を示さなかった。道済は上等の米と肉を贈ったが、彼は手を振ってそれらを断った。これだけでもその決心の固さが伺われよう。農村にあって淵明は百姓たちと素朴な付き合いをしていたが、一方では、周続之、劉遺民などの隠士とも交際し、世人は彼らを「尋陽の三隠」と称した。その頃また一代の名僧慧遠と俗情を離れた交りを結んだり、江州刺史劉柳の功曹であった顔延之と親密に付き合い、共に酒を楽しみ、その交情は極めて深いものがあった。だが彼は終始自身の個性を堅く守り、二十余年の隠遁生活を貫き通した。かくて壇道済の勧誘を拒絶した翌年の冬、終に貧窮と病のなかで世を去った。

以上が『中国文学大辞典』の「陶淵明の伝記」についての記載事項であるが、現在の日中両国の研究状況からすれば再検討や補正を加えなければならない幾つかが指摘されよう。ただ『文学大辞典』の呉小平氏の記述では、第一次資料において歴代世に受け入れられて来た、瓢逸な隠士としてのいわゆる陶淵明伝説が、大幅に整理されている。その点でも二十世紀の研究成果が基本的に生かされていることが確認される。

【注】

(1)「淵明は詩を作ること多からず。然るに其の詩、質(質朴)にして実は綺(華麗)癯《く》(痩せる、やつれる)にして実は腴《ゆ》(肥える)なり。」(子由=弟蘇轍の字・に与ふ。六首の其の五)

（2）「陶淵明の詩、人は皆是《これ》平淡なりと説《い》ふも、某《それがし》の看るに拠れば、他《かれ》は自《おのずか》ら豪放なり。但《た》だ豪放得来《なること》を覚られざるのみ。其の本相を露出する者、是「荊軻を詠ず」の一篇なり。平淡底《なる》人、如何《いかん》ぞ這様《かくなる》言語を説ひ出《い》来《だ》すを得ん。」（『朱子語類』巻一百四十）

（3）陶淵明の詩を熱愛した蘇東坡は約百三十首余りの「和陶詩」を作っている（淵明の詩数を上まわる）。和陶詩は淵明と同題、同韻の詩である。東坡の場合韻を同じくするばかりでなく、同文字を用いている。明、清には東坡にならう文人が輩出した。

（4）魯迅の陶淵明論には次のものがある。①「魏晋の気風、及び文章と薬及び酒の関係」（一九二七、『而已集』）②「抜粋集について」（一九三三『集外集』）③「隠士」（一九三五『且介亭雑文二集』）④「題未定の草稿──六」（一九三五『③に同じ』）⑤「④に同じ──七」（一九三五『③に同じ』）魯迅は中国と中国人を愛するがゆえに、つねに厳しいアレゴリーをもって現実を批判しつづけた。彼は、一九二〇年代の終りから三〇年代にかけて、「雑文・雑感（随筆の形式による現実の社会・文明批評）」において、前近代以来形造られた超俗飄逸の陶淵明像を再検討する必要を繰り返し提起している。ここには二つの例をあげておく。

「私の考えによれば、たとえ昔の人でも、その詩文が完全に政治を超越していたいわゆる『田園詩人』や『山林詩人』は存在しなかったと思います。この世の中を完全に超え出てしまった人もおりません。世の中を超越してしまえば、詩文も書かなくなるはずです。詩文も人間のいとなみであり、詩がある以上は、世の中の出来事に心を動かさずにはいられなかったことがわかります。（中略）以上のことから陶潜は俗世間を超越することなどできなかったことがわかります。しかも彼は政治にも注意を払っていたし、死をも忘れることができなかった。それらは彼の詩文の中でしばしば取り上げられています。別な角度から研究すれば、おそらく彼は従来の説とはちがった人物となることでしょう。」(「魏・晋の気風、及び文章と薬、及び酒の関係——一九二七年七月広州夏期学術講演会の講演」)。

「およそ有名な隠士は、これまできまって『優なるかな、游なるかな(心が悠悠として長閑なさま・詩経・小雅・采菽中の表現)聊か以て歳を卒《お》へん』といった幸福を経験してきた人である。もしそうでなかったなら、朝は柴を刈り、昼には田を耕し、夕方には菜をすすぎ、夜には履き物を編まねばならない。その上に更に煙草をくゆらせ、茶を味わい、詩を吟じ文を作るゆとりがどこにあるだろうか。陶淵明先生はわが中国における誰知らぬ者なき有名な大隠であり、一名「田園詩人」といわれている。(中略)だが、彼は下僕を所有していた。漢から晋の時代の下僕は、単に主人のそばで奉仕するだけでなく、土地を耕し、商売までするまさに財産を生み出す道具であった。だから陶淵明先生であるからといって、やはり何らかの金もうけの手段を持っていたのである。でなかったら、酒が飲めぬどころではなく、飯も食えず、とっくに東の籬のそばで飢え死にしていたはずである。」(「隠士」)

右の文に代表される魯迅の指摘は、民族に共通する淵明への親愛感に水をかけようとするものではなかった。後続の若い研究者たちは、魯迅の「雑文」のメッセージを真摯に受けとめ、陶淵明の人物像ひいては文学・思想の真実を探究すべく、紆余曲折に満ちた道を踏み出していった。次に例としていまなお高い評価をうけている張芝、寥仲安両氏著作の述懐を引用しておく。

張芝（李長之・一九一〇～一九七八の別のペンネーム・本名は長治）『陶淵明伝論』序（棠棣《とうてい》出版社・長風書店・一九五三）

（本書で自分の提示した諸見解の）大部分は、先人および同時代の人びとの研究成果を受け継いだものである。この点についてはきちんと表明し、感謝しておかねばならない。（ここで李氏は魯迅の二十七年広州講演末尾を引用する。）（この講演に接して以後）我々の淵明観は旧来の説とはかなり相違したものとなっているが、まだ魯迅先生の期待を充分達したとは言い得ない。はじめ自分としては陶淵明の芸術的達成と生活態度をも論じるつもりであったが、いろいろな仕事に随分時間をとられたため、ひとまず締めくくりをつけざるを得ない。（一九五二年十月十七日）

廖仲安「日本語版『陶淵明』のための小序」

本書は啓蒙的な読みものとして書かれており、文中に引用した「五・四」以来の学者たちの研究成果については、一つの例外を除いて、執筆者と論文著作の出典をいっさい明示しなかった。例外とは魯迅先生の場合である。本書に引用した先生の文章は決して多くはないが、それらのことばは、私が陶淵明を論述してゆくに当たって、導きの役割を果たすものであった。現在からかえりみると、淵明を論じた魯迅先生の内容の豊さについて、私の理解には極めて不充分なものがある。一例をあげれば、先生は一度ならず「閑情賦」をとりあげているのに、私は一句にすら触れていないといったことである。

（5）　朱自清の論文には次のものがある。①「陶詩の深さ――評古直『陶靖節詩箋定本』層冰同五種之三」（『朱自清文集・第二冊・語文零拾』開明書店一九五三）②「詩多義挙例」（同上書、語文続拾）③「日常生活の詩――蕭望卿『陶淵明批評』序（同上書「標準と尺度」）④「陶淵明年譜中の問題」（同上書、第三冊）

II 淵明史伝の原型
『宋書』隠逸伝・陶潜

一　沈約の「陶潜伝」への思い

第I章においては、まず、四世紀半ばから五世紀初頭を生きた詩人兼隠士陶淵明が、現代にあっても、盛唐の大詩人王維、李白、杜甫に伍して、人々の愛好対象となっている事実をあげた。淵明が現代人をも魅きつける秘密は、文学上の業績以外に、人間的魅力、それも高潔孤介の隠士としてではなく、農夫も含む身辺の平凡人と分け隔てなく和楽をともにする村夫士的な生き方からおのずとにじみ出てくる好もしさであった。そのような田夫の風貌を持つ陶淵明の原像を描き出したのが、『宋書』、『晋書』、『南史』各陶潜伝および蕭統・「陶淵明伝」である。それら諸史伝の中でも、沈約による『宋書』陶潜伝は、他の史書すべての模倣対象となるものであり、人間陶淵明の原像は『宋書』本伝によって形作られたと断言し得る存在である。

『宋書』全体については、当時の官僚の奏議、書札、文章が綿密に収載され、社会、政治、経済などの状況を具体的に把握するうえで貴重な意義を有していると唐の劉知幾『史通』書志篇以後、高く評価されてきた。『宋書』が主人公の「肉声」を組み合わせることを、列伝構成の基本方法に置いていることに注目したとき、曾祖父が晋朝の元勲であり、みずから人生の大半を晋の士族たる特権階層として過ごし、劉宋受禅のあと、僅か八年しか生きなかった淵明に、宋代の隠逸伝中もっとも多くの紙面を与えた沈約の並々ならぬ思い入れを考えないわけにゆかない。

『宋書』陶潜伝の内容は三つに類別される。一は名・字・本籍など最小限の伝記事項、二はその人柄を彷彿させるエピソードのかずかず、三は本人の詩文で、全体の三分の二強を占める。エピソード類が時代の好尚とマッチしていたことはいうまでもない。しかし、沈約の気持をもっとも強く曳き付けたのは、淵明の作品そのものであろう。

「五柳先生伝」の、時代の通念を突き抜けた闊達な隠士の生き方、「帰去来兮」にたぎる、官僚として生きる苦悶と葛藤の果てに掴み取った自由の境地、また「与子儼等疏」、「命子」詩の息子らへの愛情と、家族愛から更に開かれた人間愛への展望など、実生活と一体化したゆたかな表現は、権力中枢部への上昇志向に燃える三十歳代の沈約の生き方とは、全く方向を異にするものであった。だが絶世の文才をうたわれる彼にして、到底及びがたい、歴史を超えて生きつづける人物に出会った衝撃を禁じえなかったのであろう。

以下では、その『宋書』陶潜伝の本文を提示しながら内容把握と問題点の検討を行ってみたい。まず二節～九節において本文とその訓読ならびに注を施す。後の一〇、一一節において本文の解説及び他の史伝との比較検討を試みたい。なお、ここでは、特にそこに引用されている四つの作品の叙述に多くの紙数を費やすことになるだろう。いささか煩瑣な作業ではあるが、それらの本文はいずれも、現代から眺めて、淵明の生涯や思想、文学をとらえるうえで、きわめて重要な意味を有していると思われるものである。

二　陶潜伝本文――その一

陶潜、字淵明。或、淵明、字元亮。尋陽柴桑人也。曽祖侃、晋大司馬。

陶潜、字（呼び名）は淵明。或は曰ふ（一説に言う）、名は淵明、字は元亮なりと。（本籍は）尋陽（郡）柴桑（県）の人なり。曽祖父侃は、（東）晋の大司馬（大将軍）なり。

三　「五柳先生伝」（本文文末の論賛は省略）

潜少有高趣、嘗著「五柳先生伝」以自況。

潜は少くして高趣（超俗の理想）有り、嘗て「五柳先生伝」を著し、以て（そこに）自らを況《たと》ふ。

（自分の生き方を表そうとした）。

曰、先生不知何許人也。亦不詳其姓字。宅辺有五柳樹、因以為号焉。閑靖少言、不慕栄利。好読書、不求甚解。毎有会意、便欣然忘食。性嗜酒、家貧不能常得。親旧知其如此、或置酒而招之。造飲輒尽、期在必酔。既酔而退、曽不吝情去留。

曰く、先生は何許《いづく》の人なるかを知らざるなり。亦た其の姓と字を詳《つまび》らかにせず。宅辺に五つの柳樹有り、因りて以て号と為す。

閑靖にして言少く、栄利を慕はず。書を読むを好むも甚解《じんかい》（根掘り葉掘りの詮索）を求めず。意に会するもの有る毎に、便ち欣然として食をも忘る。

性、酒を嗜《たしな》むも、家貧しくして常には得《う》ること能はず。新旧其の此くの如きを知り、或は置酒して（酒の席を設けて）之れを招く。造《いた》り飲めば輒《すなわ》ち尽くす。期するは必ず酔ふに在り。既に酔ひて退くに、嘗て情を去留に吝《お》しまず。

環堵蕭然、不蔽風日、短褐穿結、箪瓢屢空、晏如也。常著文章自娯、頗示己志。忘懐得失、以此自終。

環堵（四面の壁が各一堵〈約一丈四方〉の狭い家）蕭然（がらんとして）、風や日を蔽はず。短褐（丈の短い麻や葛の粗末な着物）穿結（破れたところを縫う代わりに結び合わせたぼろぼろの状態）、箪（小ざる）瓢（瓢箪を割った湯飲み）屢《しば》しば空しきも（飲食物に事欠いても）晏如たり（全く苦にしない）。常に文章（詩文）を著はして自ら娯しみ、頗《いささ》か己が志を示す。懐ひを得失に忘れ（損得勘定抜きで通し）、此を以て自ら終はる（天寿を全うする）。

其自序如此、時人謂之実録

其の自ら序する（述べる）こと此の如し。時人之を実録と謂ふ。

四　陶潜伝本文——その二

親老家貧、起為州祭酒、不堪吏職、少日、自解帰。州召主簿、不就。躬耕自資、遂抱羸疾。

親（母親）老い家貧しくして、起ちて（初めて官吏となること、起家ともいう）州（江州）の祭酒（後述）と為るも、吏の職（の煩わしさ）に堪へず、少日にして、自ら（役職を示す公印を身に着ける紐、印綬という）を解きて（家に）帰る。州 主簿に召すも就かず。躬耕して自資（自活）するに、遂に羸疾《るいしつ》（健康を損ねての持病）を抱く。

復為鎮軍、建威参軍、謂親朋曰、聊欲弦歌以為三径之資、可乎。執事者聞之、以為彭沢令。

復た鎮軍（鎮軍将軍の参軍）、建威参軍（参軍は将軍府の参謀あるいは幕僚）と為るに（うだつが上がらず）、親朋（親戚、友人）に謂ひて曰く、「聊か弦歌して[1]（県知事など地方官になること）以て三径の資[2]（隠遁生活の元手）と為さんと欲す、可ならんか（よいだろうか）」と。執事者（事務を執る役人、人事担当官）之を聞き、以て彭沢の令と為す。

公田悉令吏種秫稲、妻子固請種秔、乃使二頃五十畝種秫、五十畝種秔。

公田には悉く吏をして秫《じゅつ》稲（酒を醸すのに適した餅稲）を種《う》ゑしめんとするに、妻子固く秔（飯米用のうるち稲）を種ゑんことを請ふ、乃ち二頃《けい》五十畝《ほ》に秫を種ゑ、五十畝に秔を種う。

郡遣督郵至、県吏白応束帯見之。潜嘆曰、我不能為五斗米折腰向郷里小人。即日解印綬去職。

郡　督郵（監察官）をして至らしむるに、県吏応に束帯（礼服）して之に見《まみ》ゆべしと白《ま》うす。潜嘆じて曰く、「我　五斗米《べい》の為に腰を折りて郷里の小人に向かふ能はず」と。即日印綬を解きて職を去る[3]。

【注】

（1）『論語』陽貨第十七の「子、武城に之《ゆ》きて絃歌の声を聞く。云々」が典故として用いられている。孔子の若い弟子の子游が、魯国の田舎町武城の宰（市長）に取り立てられた。孔子が他の弟子たちと、たずねてゆくと、田舎には似つかわしくない、儀礼と雅楽を講習する琴の音が聞こえてきた。孔子がその不釣合いをからかうと子游がむきになって反論する一場面が紹介されている。ただここでは彭沢が武城のような田舎町だというにすぎない。

（2）「三径」は隠士の庭、それを基として隠遁生活そのものを意味する。典故は後漢・趙岐の『三輔決録』「逃名」。後漢の蔣詡《しょうく》が王莽の専横を憤り、官職を捨てて隠遁した後、屋敷内の竹林に三すじの小道を作り、心を許した求仲と羊仲だけを招いて、共に逍遥して楽しんだという故事に基づく。

（3）県の太守が派遣してくる督郵（監察官）を礼服着用で奉迎するという慣習に対し、「五斗米の為に腰を折りて郷里の小人に向かふ能はず」と見えを切り、即日印綬を解いて辞職したというエピソードは、淵明のいさぎよさを示す最も有名な一条である。しかし先年物故された李華氏の「隠居の風潮と陶淵明の退隠――併せて陶思想と儒・道思想の融合について」（『陶淵明新論』、北京師範学院出版社、一九九二）の脚注⑭には、すでに『後漢書』中に、同様な例が二件見えることが指摘されている。

その一つは同書巻五十三「周燮《しゅうしょう》伝」中の馮良《ふうりょう》の事跡である。馮良の字は君郎、父に早く死別し、貧しさのなか、若くして県吏となったが、三十歳になっても、うだつが上がらなかった。あるとき、郡からの檄《げき》（連絡状、回し文）を奉じて督郵の出迎えを命じられたが、出発してから、こんなはした役を勤めることがつくずく情けなくなり、車を壊し、馬を殺し、衣冠をずたずたに引き裂いて姿をくらまし、蜀の犍為（今の宜濱市）に赴き、杜撫（韓詩学の権威）について学んだ。妻子が行方を尋ねたが、杳として不明であった。後になって、草むらの中に壊れた車、死んだ馬、ぼろぼろに腐れた衣装などが見つかったため、虎狼か盗賊のしわざだとみなし、喪に服した。十数年して、馮良はようやく郷里に戻ってきた。（後略）

第二は同書巻八十一「独行伝」における范冉《はんぜん》（李賢注では一書は舟に作るという）の行動である。冉は字が史雲、陳留郡（今の河南省陳留県）外黄県の人である。若くして県の小吏となり、十八歳のとき檄を奉じて督郵を迎えに出たが、これを恥じ、やがて無断で職を離れた。それから南陽（光武帝の出身地で南都とも呼ばれた）に行き、樊英、（五経、特に易学の大家）から業を受け、さらにまた三輔（長安を三つの地区に分けたその総称）に遊学し、馬融（後漢の儒学の頂点に立つ学者、鄭玄《じょうげん》の師）に就い

て経学に通じ、年を経てようやく帰郷した。(後略)

以上後漢書の二例と陶淵明の場合を比較すれば、二番煎じの印象を免れ得ず、淵明の辞職理由として、その信憑性は極め薄いといわねばならない。

五 「帰去来(兮辞)并序」

『文選』巻四十五は「辞」の部類に入れるが、表題は「帰去来」とのみ記す。毛氏汲古閣蔵宋刻『陶淵明集』(未見)では「帰去来兮辞・并序」と記す由。(1) 宋刻曽集重編『陶淵明』では単に「帰去来兮辞」と記す。

a 「帰去来序」(『宋書』本伝での省略部分)

余家貧、耕植不足以自給。幼稚盈室、缾無儲粟。生生所資、未見其術。親故多勧余為長吏。脱然有懐、求靡途。

余家貧しくして、耕し植うるも以て自ら給するに足らず。幼稚室に盈ち、缾に儲粟《ちょぞく》(たくわえの穀物)無し。生生(生活、生計)の資《たよ》る(支えとなる)所(仕事)、未だ其の術《すべ》を見ず(見当もつかなかった)。親故(親戚、知人)多く余に長吏(地方の役人)為《た》らんことを勧む。奪然(心機一転)として其の懐ひ(そのつもり)有るも之を求むるに途(手づる)靡《な》し。

会有四方之事、諸侯以恵愛為徳。家叔以余貧苦、遂見用于小邑。于時風波未静、心憚遠役。彭沢去家百里、公田之利、足以為酒、故便求之。

会《たまたま》四方の事（軍閥桓玄打倒の勤王の戦）有り、諸侯（各州郡の刺史や太守）は恵愛（人材を集めて恩寵を与えること）を以て徳と為す（よい評判を得ようとしていた）。家叔（おじ）は余の貧苦なるを以てし（奔走してくれ）、遂に小邑（小さな県）に用ひらる（任用される）こととなった）。時に風波（戦の騒ぎ）未だ静かならず、心（心中）に遠役《えんえき》（遠くの赴任となること）を憚る（気にしていた）。彭沢県は家を去ること（頃合いの）百里（ばかりで）、公田の利（収穫）は、以て酒を為《つく》るに足る。故に便ち之を求む。

及少日、眷然有帰与之情。何則、質性自然、非矯励所得。飢凍雖切、違己交病。嘗従人事、皆口腹自役。於是悵然慷慨、深愧平生之志。猶望一稔、当歛裳宵逝。

少日に及び、眷然《けんぜん》として（故郷に心を引かれて）帰らんかなの情有り。何となれば則ち、質性（自分の気質）は自然にして（形にこだわらずありのままであろうとするところにあり）、矯励して（むりに励もうとしても）得る所には非ず（とてもできるものではなかったからだ）。（官をやめれば）飢凍切なり（骨身にこたえる）と雖も、己に違へば（自分の本性に背いて宮仕えをすることは）交ごも病む（心身ともにこの上ない苦しみであった）。嘗て（これまで）人事に従ひしも（役人勤めに就いたことがあったが）、皆　口腹に自ら役《えき》す（生計のためにやむなく従事したに過ぎない）。是《ここ》に於いて（このように考えるにつけ）悵然として慷慨し（切なく胸が張り裂けるようで）、深く平生の志に愧づ。猶（それでもまだ）望む、一稔《いちねん》にして（来年の収穫の余禄を手に入れたあとで）、当に裳《も》を斂《おさ》めて（裾をからげ）宵逝すべしと（夜陰にまぎれて逃げ去ろうと）。

尋程氏妹、喪于武昌。情在駿奔、自免去職。仲秋至冬、在官八十余日。因事順心。命篇曰、帰去来兮。乙巳歳拾壱月也。

尋いで程氏の妹（程氏に嫁いだ妹が）、武昌に喪《みまか》りぬ。情は（感情の上からすれば）駿奔に在り（駆けつけてやりたい気持ちで頭が一杯になり）、（ただちに）自ら免じて（自分から申し出て）職を去る。仲秋より冬に至るまで、官に在ること八十余日なり。事（妹の死という出来事）に因りて（直接の原因になったが）心に順ふ（実は自分の平素の志に従ったまでである）。篇に命《なづ》けて「帰去《ききょ》来兮《らいけい》」と曰ふ。乙巳《きのとみ》の歳（四〇五年、東晋安帝の義熙元年）の十一月なり。

b［帰去来兮］

（『宋書』の本文の記述には、明らかに誤字、脱字と認められるものが何ヵ所かある。その部分は通行テキストに改め、ゴシック体で表記した。）

賦帰去来、其詞曰、――帰去来を賦す、其の詞に曰く、

c帰去来兮、園田将蕪、胡不帰。既自以心為形役、奚惆悵而独悲。悟已往之不諫、知来者之可追。実迷塗其未遠、覚今是而昨非。船遙遙以軽颺、風飄飄而吹衣。問征夫以前路、恨晨光之熹微。

帰りなんいざ、園田将に蕪せんとす（荒れ果てようとしているのに）、胡《な》んぞ帰らざる。既に（これまで）自ら（自分は）心を以て形（身体）の役《えき》（下僕）と為す、（そのことを）奚《なん》ぞ惆悵《ちゅうちょう》として（くよくよとして）独り悲しまん。已往（過ぎた過ち）の諫められざる（改められないの）を悟り、来者（これからのこと）の追ふべき（自分の力で改善して行けること）を知る。実に途《みち》に迷ふこと其れ未だ遠からず、今（役人勤めをやめた現在）が是《ぜ》にして（正しく）昨（職にあった昨日まで）の非なりし（過ちであったこと）を覚る。船は遥遥として以て軽く颺《あが》り、風は飄飄として衣を吹く。征夫（乗り合わせた旅人）に問ふに前路（これからの道のり）を以てし、晨光（夜明けの空）の熹微なる（なかなか明るくならないこと）を恨む。

乃瞻衡宇、載欣載奔。僮僕歓迎、稚子候門。三径就荒、松菊猶存。攜幼入室、有酒盈罇。引壺觴而自酌、眄庭柯以怡顔。倚南窗而寄傲、審容膝之易安。園日渉以成趣、門雖設而常関。策扶老以流憩、時矯首而遐観。雲無心以出岫、鳥倦飛而知還。景翳翳以将入、撫孤松而盤桓。

乃ち衡宇（粗末なわが家）を瞻《み》て、載ち欣び載《すなは》ち奔る。僮僕歓び迎へ、稚子門に候《ま》つ。

三径（屋敷の小道）荒に就けども（荒れはじめていたが）、（我が愛する）松菊猶存せり（もとのままのたたずまいであった）。幼を携へて室に入れば、酒有りて罇《たる》に盈つ。壺觴《こしょう》（徳利）を引きて（引き寄せて）以て自ら酌み（手酌で飲み出し）、庭柯（庭木の枝ぶり）を眄《かへり》みて（ふり仰いで眺めると）以て顔を怡《ほころ》ばす（おのずと口もとがほころんでくる）。南窗《なんそう》に倚りて（もたれて）以て傲を寄せ（誰に気兼ねのいらぬおおらかな気分にひたり）[2]、膝を容るる（狭い我が家）の安んじ易き（最もくつろげる場所であること）[3]を審らかにす（つくづく味わうのだ）。

園（庭）は日に渉りて（日がたつにつれて）以て趣を成し、門は設くと雖も常に閉ざせり。扶老（杖の別称）を策《つえ》つきて以て流憩し（足をとどめ）、時に首を矯《かうべ》げて遐観す（遥か遠くを眺める）。雲は無心にして以て岫《しゅう》（峰）を出で、鳥は飛ぶに倦みて還るを知る。景（夕日）は翳翳として（輝きをおさめながら）以て将に入らんとし、孤松を撫して盤桓す（心を引かれて立ち去りがたい）

d帰去来兮、請息交而絶遊、世与我相違、復駕言兮焉求。悦親戚之情話、楽琴書以消憂。農人告余以春及、将有事于西疇。或命巾車、或棹孤舟、既窈窕以窮壑、亦崎嶇而経丘。木欣欣以向栄、泉涓涓而始流。善万物之得時、感吾生之行休。

帰りなんいざ　請ふ交（お偉方たちとのつきあい）を息《や》めて以て遊を絶たん。

世と我と相違《そむ》くに（袂を別った以上）、復た駕して（こちらから出向いて）言《ここ》に焉《なに》(4)をか求めん。

親戚の情話（うちとけた世間話）を悦び、琴書を楽しみて以て憂ひを消さん。

農人余に告ぐるに春の及べるを以てす、将に西疇（西の田畑）に事有らんとす（野良仕事が始まるというのだ。）

或は（時には）巾車（幌のついた車）を命じ、或は孤舟（小船）に棹さす。

既に窈窕として（奥へ奥へとさかのぼって）以て壑《たに》を尋ね、亦崎嶇として（上り下りしながら）丘を経《ふ》。

木は欣欣として以て栄（花咲くとき）に向かひ、泉は涓涓《けんけん》として（ちろちろと音を立てて）始めて流る。

万物の時を得たる（生き生きとした良い季節に巡り会えること）を善みしつつも、吾が生の行くゆく（やがては）休する（生命が尽きること）を感ず。


已矣乎、寓形宇内復幾時。曷不委心任去留、胡為乎遑遑欲何之。富貴非吾願、帝郷不可期。懐良辰以孤往、或植杖而耘耔　登東皐以舒嘯、臨清流而賦詩。聊乗化以帰尽、楽夫天命復奚疑。

已《や》んぬるかな（いかんともすべはないのだ）、形（肉体）を宇内《うだい》（天地の間）に寓する（一時身を寄せる）こと、復幾時ぞ。

曷ぞ心を委ねて去留（寿命）に任せざる。胡為れぞ遑遑として（あたふたとして）何くに之かんと欲する。

富貴は吾が願ひに非ず、帝郷（神仙境）は期すべからず。

良辰（天気の良い日）を懐ひて（わざわざ選んで）以て孤り（野に）往き、或は（また時に）（田の中に）杖を植てて耘耔《うんし》す（草取りや土寄せをする）(5)。

東皐《とうこう》（東の丘）に登りて以て舒嘯《じょしょう》し（ゆるやかに嘯《うそぶ》くこともあれば）(6)、清流に臨みて詩を賦す（新しい詩を作ることもある）。

聊か（ともあれ）化（自然の生滅の遷り変わり）に乗じて（素直に従って）以て尽くる（おのれの生命の尽きること）に帰し（身をまかせ）、夫の天命（天が与えたもうた運命）を楽しみて復た（いったい）奚《なに》をか疑はん。

【注】

（1）袁行霈『陶淵明集箋注』中華書局、四六一頁。

（2）「傲」は「倨」「慢」に同じ。「寄」は「託」、発散する。この世界（わが家）は自分のものだという大きな気持ちを自由に発散する。

（3）「容膝」はやっと膝を容れる（伸ばす）ことができるほどのせまい室。「易安」はゆっくりくつろげること。前漢の韓嬰の『韓詩外伝』巻九の北郭先生の妻のことば（楚の王に宰相として招かれ、大名行列を連ねても、安んずるところは容膝程度の部屋に過ぎないということ)。

(4)「駕」は車に馬を付ける、官僚として出仕すること。「言」は接続詞で、前の動作・状態が後の状態を導く条件となる、「而」と同じ、『詩経』に多く用いられる。「駕言出遊、以写我憂(駕して言に出遊し、以て我憂ひを写《すす》がん)」(「邶風《はいふう》」泉水など)。

(5)「植杖而耘耔」で、「植杖」は片方の手で杖を田の中に突き立て、それで体の安定を保ちながら足で農作業すること。「耘」はここでは足で雑草を土に埋め込み、「耔」は空いたもう一方の手で(足をも使用する)土寄せなどをすること。『論語』微子第十八に、放浪の旅の途中、孔子の一行から遅れた子路が杖で竹篭を担った老人に出会い、自分の先生の一行を見なかったかと尋ねた。老人は手足も動かさず、五穀もつくらないでいて、誰を先生というのだとあらぬ答えをしたまま、杖を突き立てると草取りをはじめたという一節がある。

(6)「嘯」は口笛を吹くように唇をつぼめ、喉の奥から発せられる、メロディのある、澄んでよく通る音声。

六　陶潜伝本文――その三

a 義熙末、徴著作佐郎、不就。

義熙(安帝の義熙年間〈四〇五~四一八〉)の末、(朝廷から)著作佐郎(国史編纂所の補佐官)に徴《め》さるるも(召されたが)、就かず。

b江州刺史王弘欲識之、不能致也。潜嘗往廬山、弘令潜故人龐通之齎酒具於半道栗里要之。潜有脚疾、使一門生二児轝籃輿、既至、欣然便共飲酌。俄頃弘至、亦無忤也。

江州刺史（州の長官）王弘、之《これ》（著名な隠士である潜）を識《し》らんと欲するも、致すあたはず。潜嘗て廬山に往かんとするに、弘、潜の故人龐通之《ほうつうし》をして酒具を半道なる（潜の家と廬山との中間にあたる）栗里《りつり》に齎《もたら》しめて之を要す（対面しようと図った）。潜脚疾有り、一門生（士人の小作兼雑用人）と二児をして籃輿《らんよ》（竹を編んだ駕籠）を轝《にな》はしめ、既に至るや、欣然として便ち共に飲酌す。俄頃（不意に）弘至るも、亦忤《さか》らふ（淵明は無礼な態度をとる）こと無し。

c先是、顔延之為劉柳後軍功曹、在尋陽、与潜情款。後為始安郡、経過、日日造潜、毎往必酣飲致酔。臨去、留二万銭与潜。潜悉送酒家、稍就取酒。

是に先んじて、顔延之・劉柳が後軍功曹と為り、尋陽に在りて、潜と情款《じょうかん》（深い交友を結ぶこと）たり。のち始安郡（今の広西省、桂林市一帯の太守）と為《な》り、経過し（尋陽に立ち寄り）、日日潜（のもと）に造《いた》り、往く毎に必ず酣飲《かんいん》し（存分に飲み、）酔を致す。去るに臨み、二万銭を留め潜に与ふ。潜は悉く（その金を）酒家に送り、稍《やや》（徐徐に）就きて（自分から出掛けて）酒を取る。

d嘗九月九日無酒。出宅辺菊叢中坐久、値弘送酒至。即便就酌、酔而後帰。

嘗て九月九日酒無し。宅の辺に出で菊叢の中に坐すること久しきに、弘の送りし酒の至るに値《あ》ふ。

即便《ただち》に就きて酌《く》み、酔ひて後帰る。

e潜不解音声、而畜素琴一張、無絃。毎有酒適、輙撫弄以寄其意。

潜　音声を解せずして、素琴（飾りのない琴）一張を畜ふるも、弦無し。酒の適する（興がのってくる）こと有る毎に、輙《すなは》ち撫で弄《もてあそ》んでは（撫でいつくしんで）以て其の意を寄す（胸の中で鳴り響く琴の音色を楽しんでいた。）

f貴賎造之者、有酒輒設。潜若先酔、便語客、我酔欲眠。卿可去。其真率如此。

貴も賎も之れに造《いた》る者、酒有れば（酒を携えていると）輒ち（そのたびごとに酒席を）設く。潜若し先に酔へば、便ち客に語る、「我酔ひて眠らんと欲す。卿《きみ》去るべし、」と。其の真率なる（ありのままで飾り気がない）こと此《かく》の如し。

g郡将候潜、値其酒熟。取頭上葛巾漉酒、畢、還復著之。

郡の将（将軍、郡の太守は戦時には、軍の統帥権を把握するのでそのように呼ばれた。）潜を候《うかが》ふに（訪れた時に）、その酒の熟する（醸しあがったところ）に値《あ》ふ。（潜は）頭上の葛巾（葛の繊維で織った頭巾）を取りて酒を漉《こ》し、畢《おわ》れば、還《ま》た（もとにもどし）復《ま》た（ふたたび）之を著せり。

h潜弱年薄宦、不潔去就之迹、自以曽祖晋世宰輔、恥復屈身後代、自高祖王業漸隆、不復肯仕。所著文章、皆題其年月、義熙以前、則書晋氏年号、自永初以来唯云甲子而已。

潜弱年（若い年代）にて薄官（官位が低く）、去就の跡に潔《いさぎよ》からざるも、[1] 自ら以《おも》へらく 曽祖（侃）晋の世の宰輔（宰相）たるに、復た身を後代（劉宋王朝）に屈するを恥ず。高祖（劉裕）の王業（帝位簒奪計画の遂行）漸く隆んにして、復た仕ふるを肯《がへ》んぜず。著《あら》はす所の文章（詩文）は、皆其の年月を題するも、義熙以前（東晋時代）には、則ち晋氏の年号を書し、永初（劉裕即位以後の年号）より以来は唯甲子を云ふのみ。

【注】

（1）各正史等には記載されていないが、後述のように、東晋王朝の権力を簒奪して一時期帝位に就いた、荊州の軍閥桓玄（いわば逆臣）の配下として、淵明が仕えた経験のあったことを指していると見なされる。

七　「与子儼等疏」

与子書以言其志、并為訓戒、曰

子ら（長男儼以下五人の息子たち）に書して（「疏」は一つ一つ条理を立てて説きあかすこと）以て

其の志を言ひ、并せて訓戒を為して、曰く、

a告儼・俟・份・佚・佟。

天地賦命、生必有死、自古聖賢、誰能独免。子夏有言、死生有命、富貴在天。四友之人、親受音旨。発斯談者、将非窮達不可妄求、寿夭永無外請故耶。

儼《げん》・俟《し》・份《ふん》・佚《いつ》・佟《とう》（幼名、阿舒・阿宣・雍・端・通子《とうし》、『責子』詩による。）に告ぐ。

天地の命を賦するや（天地から命を授けられた生きとし生けるものには）、生有れば必ず死有り。古《いにしへ》より聖賢も誰か（誰一人）能く独り免れん。子夏の言へる有り、「死生命有り、富貴天に在り（いつまで生きるか、いつ死ぬか、富貴を得るか得ないかは天の定めによる）。(1)」四友の人（子夏のような四友の人たち。四友が誰であるかは不確定、孔子の高弟程度の意味）は、親しく音旨（孔子の直接の教え）を受く。（その子夏が）斯《こ》の談を発するは、将《はた》窮達（栄耀・ここでは達だけに意味の比重がかかっている）は妄りに（やみくもに）求むべからず、寿夭（長寿と若死・寿命）は永く外に（自分に与えられた範囲の外）に請ふ（望む）こと無き故に非ずや（〈上文の『将』と呼応して〉全くできないためだからではあるまいか。）

b吾年過五十・少而窮苦、毎以家弊、東西游走。性剛才拙、与物多忤。自量為己、必貽俗患。僶俛辞世、使汝等幼而飢寒。

吾　年五十を過ぐ。少くして窮苦、毎に家の弊せる（暮らしが成り立たないこと）を以て、東西に游走す（東へ西へと流れ歩いた）。性（生まれつき）剛（片意地）にして才（世渡りの才能）は拙、物（人、上役など）と忤《たが》ふこと多し。自ら量るに己の為にせば、必ずや俗患（つまらぬ揉めごと）を貽《のこ》さんと。僶俛《びんべん》として（強引に）世（役人勤め）を辞し、汝等をして幼くして飢ゑ凍《こご》えしむ。

c余嘗感孺仲賢妻之言、敗絮自擁、何慚児子。此既一事矣。但恨隣靡二仲、室無萊婦、抱茲苦心、良独内愧

余嘗《かつ》て孺仲の賢妻(2)の言に感ず。「敗絮《はいじょ》（ぼろぼろの綿入れ）自《みずか》ら擁するも（身にまとっているからといって）、何ぞ児子《じし》（わが家の息子）を慚《は》ぢんや」と。此《これ》（儒仲の家のことは）既に（全く）一事なり（わが家の事情と同一の話しだ）。但だ恨むらくは、隣に二仲（求仲や羊仲のような高士(3)）靡《な》く、室に萊婦《らいふ》（老萊子宅のような良妻(4)）無きを。茲《こ》の苦心（良い話し相手のない苦労）を抱き、良《まこと》に独り内に愧《は》づるのみ。

d少学琴書、偶愛閑静、開巻有得、便欣然忘食。見樹木交蔭、時鳥変声、亦復歓爾有喜。常言　五六月中、北窗下臥、遇涼風暫至、自謂是羲皇上人。意浅識罕、謂斯言可保。

少《わか》きより琴書を学び、偶《たま》たま閑静を愛す。巻を開き得《う》るところ（わが意を得たところ）有れば、便

ち欣然として食をも忘る。樹木の蔭を交《まじ》ふるを見、時鳥（この季節特有の鳥）の声を変ずれば、亦た復た歓爾として喜ぶ有り。常に（そんな時きまって）言ふ（口にするのは）、「五六月中（陽暦七八月の頃）、北窗（北向きの窓）の下に臥し（寝転がり）、涼風の暫《にはか》に至るに遇《あ》へば、自ら謂《おも》へらく、是れ義皇上の人（自分が伏義のみ代以前の人になったような気がする）(5)なり」と。意（志が）浅く、識（見識も）罕《すくな》けれど、謂《おも》へらく、斯の言（この言葉の境地だけは）保つべし（保ち続けたい）と。

e日月遂往、機巧好疎、緬求在昔、眇然如何。疾患以来、漸就衰損。親旧不遺、毎以薬石見救、自恐大分将有限也。

日月遂に往き、機巧（俗世間の狡いかけひき）(6)とは好《まこと》に遠し。緬《はる》かに在昔（昔の役人勤めの頃）を求むるも、眇然《びょうぜん》たる（ぼんやり霞んでしまったこと）を如何せん。疾患（五十歳過ぎての大病）以来、漸く（次第に）衰損に就く（衰えが目立つようになった）。親旧（親戚や旧友）遺《みす》てず、毎に薬石（薬品と石針、薬の総称）、以て救はるるも、自ら恐る、大分（寿命）将に限り有らんとするを。

f汝輩稚小家貧、毎役柴水之労。何時可免。念之在心、若何可言。

汝輩《なんじら》稚く小きより家貧しく、毎に柴水《さいすい》の労に役《えき》せらる。何《いづ》れの時か免るべき。之れ（お前たちの不憫さ）を念《おも》ひて心に在り（自分の心から離れることはなかったが）、若何《いか》に言ふべけん（何と励ましてやればよいのか、言うべきことばもなかった）。

g然汝等　雖曰不同生、当思四海兄弟之義。鮑叔、管中、分財無猜、帰生、伍挙、班荊道旧、遂能以敗為成、因喪立功。他人尚爾、況同父之人哉。

然るに汝等同生にならず(7)と雖も、当に「四海皆兄弟《けいてい》」(8)の義を思ふべし、鮑叔・管仲は、財を分かちて猜《うたが》ひ無く、(9)帰生・伍挙は、荊を班《し》きて旧を道《い》ひ、(10)遂に能く敗《はい》（失敗）を以て成《せい》（桓公覇業の大成果）を為し、喪《そう》（国内での地位を失うこと）に因りて功を立つ。他人（血のつながらぬ同士）すら尚《な》ほ爾《しか》り（このように体を張って助けあったのだ）、況《いは》んや（まして）同父の人をや（父を同じくする兄弟ならなおさらではないか）。

h穎川韓長元、漢末名士。身処卿佐、八十而終。兄弟同居、至于没歯。済北氾稚春、晋時操行人也。七世同財、家人無怨色。詩曰、高山仰止、景行行止。雖不能爾、至心尚之。汝其慎哉、吾復何言。

穎川の(11)韓元長(12)は、漢末の名士なり。身は卿佐（天子を補佐する執政の大臣）に処り、八十にして終《お》はる。兄弟同居して没歯に至る。済北《せいほく》（郡）の氾稚春(13)は、晋の時の操行の人（志と行いの高潔な人物）なり。七世財を同じくして、家人に怨む色無し。詩（小雅・車舝《しゃかつ》）に曰はく、「高き山は仰がれ、景《おほ》いなる行《みち》は行《あゆ》まる」と。爾《しか》すること（このように高潔正大さを実行すること）能はずと雖

も、至心（誠心誠意）もて之を尚《たつと》べ。吾復た何をか言はん。（自分にはこれ以上言うことはない）

【注】

（1）『論語』顔淵第十二に見える。詳細は本節注（8）を参照。

（2）『後漢書』巻八十四列女伝によれば、太原（今の山西省省郡）の王霸、字は儒仲は、逸民伝にもその事跡が記される高潔の士であり、光武帝の時代、たび重なる朝廷のお召しを辞退し続けていた。ある時同郡出身の旧友で、楚の宰相となった令狐子伯の息子が、父の使いで書状を届けに来たが、車馬と供人を従え、立派な服装で、振る舞いも礼にかない、非の打ち所もなかった。一方野良帰りに出迎えた霸の息子はただおどおどするばかりで、仰ぎ見ることさえできなかった。客が帰ったあと、あまりのみじめさに霸は布団をかぶって寝込んでしまった。それに対して霸の妻は、「あなたは若くして清節を修め、栄達を顧みられなかった。どうして長年の志を忘れて子供たちを恥じることがありましょうか。」と励まし、かくて夫婦共に終身隠遁生活を貫いたという。「孺仲」は逸民伝では「儒仲」となっており、その方が正しいと思われる。

（3）本章四節陶潜伝本文（その二）注（2）「三径」の項参照。求仲、羊仲の二人あわせて二仲と呼んでいる。

（4）春秋時代、楚の隠士老莱子の妻（劉向《りゅうきょう》の『列女伝』巻二）

（5）「羲皇」は太古伝説時代の三皇の一人伏羲。「上」はそれ以前の時代、一説にはその時代ととる。

（6）「機巧」は『荘子』天地篇の次の説話に基づく。子貢が楚に旅した時、井戸に入って瓶に水を汲み、苦労して畑に水をかけている老人に出合った。子貢ははねつるべという便利なものがあるのにと教えてやると、老人は仕掛けからくりを用いる者は、必ずからくり心をめぐらし、その結果本来の純真潔白さが失われると答えた。子貢は深く恥じ入ったが、そのとき弟子に語った言葉の中に、「功利（仕事の効率や）機巧（仕掛けの巧妙さ）は、必ず夫《か》の人の心（あの老人のような純真な心）を忘《うしな》はん。」という一条がある。

（7）淵明が再度の結婚をし、最初の妻が彼の三十歳の頃に死別したことは、「怨詩楚調、示龐主簿鄧治中＝（＝は読み下し、及び和訳印、以下同じ）恨みの詩・楚調、龐主簿、鄧治中に示す」から推測される。後添いの妻との再婚がいつかは不明である。二人の妻との間に五人の男児をもうけたことは、この「疏」と「責子＝子を責む」詩からあらましを知ることができる。

（8）本節注（1）と同じく、『論語』顔淵第十二の次の文に基づく。

（兄の桓魋《かんたい》が〈宋国の司馬、横暴な人物で、中原諸国を放浪していた孔子を殺害しようとしたこともある〉無法者であったため）司馬牛憂へて曰はく、「人皆兄弟有るに。我のみ一人亡し」と。子夏曰はく、商（わたし商）は之を聞く、死生（死ぬも生きるも）命（天の定めが）有り、富貴（富みも地位も）天に在り（天の遺志によってきまる）と。（くよくよしてもしかたがありませんよ。）君子は敬して（身を慎んで）失無く（おちどがなく）、人と恭しくして（人とていねいに交わり）礼有らば（礼儀正しくあれば）、四海の内は皆兄弟《けいてい》たり、（世界中の人はみな兄弟になる）。君子何ぞ（どうして）兄弟無きを患《うれ》へんや（気にかけることがありましょうか）」。

淵明が「四海の内みな兄弟」という開かれた思想を抱いていたことは、「雑詩十二首」其一でも、つぎのようにうたわれている。

人生無根蔕　人は生まれて（人はこの世に生を受け）根蔕無く（木の根や果実の蔕《へた》のようなしっかりしたよりどころがなく）

飄如陌上塵　飄として（風に吹かれて飛び散る）陌上《はくじょう》の塵（道の上のちり）のごとし

分散逐風転　分散して風を逐ひて（風に吹かれるに連れて）転ず（転がってゆく）

此已非常身　此れ（こうなってみると）已に（もはや）常の身に非ず（もとのままの姿ではあり得ない）

落地為兄弟　地に落ちて（ゆくところまでゆきつけば）兄弟と為る（すべて兄弟のようなもの）

何必骨肉親　（親しみ合うのは）何ぞ必ずしも骨肉の親のみならんや（何も血を分けた肉親だけに限る必要があろうか）

だが詩はこの後、だから楽しめるときは、酒でも飲んで精一杯楽しもうではないか、という方向に転じ、有名な「盛年不重来　一日難再晨　及時当勉励　歳月不待人＝盛年重ねては来たらず。一日再び晨《ふたたびあした》なり難し。時に及んで当に勉励すべし。歳月人を待たず」と続き、多くの人には勉学に努力せよとの鞭撻だと誤解され、実はエピキュリアン（たのしみを求める人）でもあった淵明独特の、複雑な表現で結ばれていることに注意しなければならない。

（9）

春秋初期（前七世紀はじめ）、斉の桓公の覇業を補佐した名宰相管仲は、名が夷吾、仲は字である。若い頃の管仲には、無二の親友鮑叔があった。のち鮑叔は斉の公子小白に仕え、管仲は公子糾に仕えた。内乱が起こり、小白が斉侯の位に就いて桓公となり、対立した糾は殺され、管仲は捕らえられた。鮑叔は桓公に管仲を強く推薦し、その結果宰相に任ぜられた管仲の働きで、桓公は天下に覇をとなえるに至った。管仲は次のように述懐している。「自分はかつて鮑叔とともに商売をして、売上げの分け前を余分に取ったことがある。だが鮑叔は自分を欲深とはいわなかった。自分が貧しいことを理解していたからである。自分を生んでくれたのは両親であり、自分の真の理解者は鮑子である。」(『史記』巻六十二管晏列伝、同巻三十二斉太公世家参照)

(10) 春秋時代中期(前六世紀半ば)、楚の大夫伍参《ごしん》の息子伍挙(叔挙ともいう)と蔡の太師子朝の息子帰生(声子ともいう)は、父同士が友人であったことから、親しい交わりを結んでいた。伍挙は楚の申公王・子牟《しぼう》の娘を娶ったが、その後子牟が罪に触れて国外に逃亡するという事件が起こった時、その手引きをしたのが伍挙であるという噂が流れ、彼も鄭に亡命した。伍挙はさらに晋に逃れる計画を練っていたが、偶然にも鄭の城外で外交使節として晋に向かう帰生と再会した。荊で編んだむしろを敷いて食事をしながら、帰生は伍挙が無事楚に帰国できるよう取り計らうことを確約した。任務を終えた帰生は楚の令尹(中原諸国の宰相と同格)子木に面会し、伍挙のようなすぐれた人材を国外に追いやっていることが、いかに楚の国益を損なっているかについて熱弁を振るい、遂に伍挙の帰国を実現させることに成功した。「班」は敷くこと。「布」「鋪」に同じ。「荊」は高さ一・五メートルほどの落葉潅木で、種類が多様(牡荊、黄荊、紫荊など)、堅くしなやかなため刑杖とされたが、篭やむしろの素材としても用いられる。別名を「楚」といい、長江流域に広く分布するため、それがそのまま国名となった。(『左伝』襄公二十六年〈前五四八〉、『国語』楚語上)

(11) 郡名、今の河南省の中部から南部の地域。

（12）後漢末、潁川郡舞県（今の河南省西南部の方城県）の人。名は融、元長は字。若年から学殖が評価されたが、些末な語句の解釈にはこだわらなかった。その人望により五府（太傅、大尉、司徒、司空、大将軍の役所）のそれぞれから招聘され、献帝（在位一八九～二一九）のはじめ、太僕（漢代の九卿の一つ、皇帝の車馬、牧畜を統轄）に至った。（『後漢書』巻六十二）

（13）名は毓《いく》、稚春は字。西晋武帝司馬炎時代（在位二六五～二八九）の人、済北郡盧県（今の山東省長清県、泰山の西北）出身。祖先から伝えられた儒学の教養を深く身に付け、貧に安んじ、著述に専心し、官吏として召されても辞退し続け、七十一歳でこの世を去った。先祖は他処から移住し、稚春で七代目であったが、代々九族（何世代もの宗族や外戚）が和睦し、世人から「児に常父無く、衣に常主無し。」と称されるほどであった。（『晋書』巻九十一）

八　「命子」詩

又為命子詩、以貽之曰、

又《ま》、「子に命《なづ》く」詩を為《つく》り、以て之《これ》（長子儼）に貽《おくり》て曰はく、

a 悠悠我祖　爰自陶唐　邈為虞賓　歴世重光　御竜勤夏　豕韋翼商　穆穆司徒　厥族以昌

悠悠とはるかに遠き我が（父）祖、爰《ここ》に陶唐（聖天子堯の姓）よりす（始まる）。（その子の丹朱は）邈《ばく》としてはるかむかし虞《ぐ》（舜帝有虞《ゆうぐ》氏）の賓《ひん》（賓客）となり、歴世（代代）光

（栄光）を重ぬ。

御竜（夏《か》の天子孔甲から御竜《ぎょりゅう》の姓を賜った尭の子孫劉累《りゅうるい》は(1)）夏（王朝）に勤め（仕え）、さらに（御竜氏の流れを汲む）豕韋《しい》（氏）は商（殷王朝）を翼《たす》く（補佐した(2)）。

穆穆たる（高雅な）司徒（周王から大臣の位を授けられた陶叔の時代）、厥《そ》の族（わが陶一族は）以て昌《さかん》なり（隆盛を極めた）。


b 粉粉戦国　漠漠衰周　鳳隠于林　幽人在丘　逸虯遶雲　奔鯨駭流　天集有漢　眷予愍公
粉粉たる（乱れに乱れた）戦国、漠漠たる（さびれきった）衰周。

鳳（凰）は林に隠れ、幽人（高潔な隠者）は丘（丘陵）に在り（籠った）。

逸虯《いっきゅう》（稲妻のごときみずちは）雲をかけ遶《めぐ》り、奔鯨《ほんげい》（しぶきをあげる鯨は）うしおの流れを駭《おどろ》かせり。

天（命）は有漢に集まり、（天子の恩寵は）予《わ》が愍公《びんこう》（われらが祖先の陶舍）を眷《かへり》みる（注《そそ》がれた(3)）。

c 於赫愍侯　運当樊竜　撫剣風邁　顕茲武功　書誓山河　啓土開封　亹亹《びび》丞相　允迪前蹤
於赫《ああ》たる（輝かしい）愍侯、運（その運）は樊竜（竜にすがって栄達する機会）に当る。
剣を撫して（執って）風と（風のように）邁《ゆ》き（出陣し）、茲《こ》の（あのような）（輝かしい）武功を顕《あらわ》す（発揮なさった）。

（漢の高祖は）書して山河（泰山と黄河の霊）に誓ひ（功臣を封ずる誓を述べ）、土《ど》を啓《ひら》き（国土を拡張して）封を開く（愍侯を開封侯に封じた）。

亹亹《びび》たる（たゆまず勤めた）丞相（愍侯の子の宰相陶青）も、允《まこと》に前蹤《ぜんしょう》（この祖先の功業）を迪《ふ》めり（受け継いだ）。

d 渾渾長源　蔚蔚洪柯　羣川載導　衆条載羅　時有語黙　運因隆窊　在我中晋　業融長沙

渾渾《こんこん》たる（勢いよく豊かな水を流し続ける）長源（遥かな水源）、蔚蔚《うつうつ》たる（盛んに繁茂する）洪《こう》柯《か》（巨木の枝）。

羣川（数々の流れが）載《すなわ》ち（水源から）導かれ、衆条（沢山の小枝は）載ち羅《つら》なる（連らなり伸びている）。

時に（時勢によって）語黙有り（出仕する者と隠遁するも者とがあり）⑷、運は（陶氏の命運は）隆窊《りゅうわ》に因る（盛衰の理よって浮き沈みがあった。「隆窊」は土地の高いところと窪んだところ）。

我が中晋（晋朝の半ば・東晋）に在りて、業（陶家の功業）は長沙に（長沙公陶侃によって）融《とほ》る（世に明らかになった）。

e 桓桓長沙　伊勲伊徳　天子疇我　専征南国　功遂辞帰　臨寵不忒　孰謂斯心　而近可得

桓桓たる（雄々しい）長沙、伊《こ》れ勲伊《こ》れ徳（勲功も徳望も充分そなわっておられた）天子我（侃）に疇《むく》いんとし、（5）専ら南国を征せしむ。（6）

功遂げて辞し帰り、寵に臨んで忒《たが》はず（過分な恩寵を受けないという初心を翻さなかった）。

孰か謂ふ斯の心（公のこのような心がけ）こそ、近ごろ得べしとは（容易に得られるものということができようか）。

f 肅矣我祖　慎終如初　直方二台　恵和千里　於皇仁考　淡焉虚止　寄跡風雲　冥茲慍喜

粛たり（謹厳な）わが祖父（『晋書』によれば陶茂《ぼう》という）、終りを慎む（物事の最後を慎重に処理する）こと初めの如し。

直方（折り目の正確さを）二台（朝廷の内台および地方の刺史の役所の双方において貫き）、恵和千里（善政による和みは、千里四方に及んだ）。

於皇《ああおほ》いなる仁考（慈悲深い父）、淡焉虚止（淡白で虚心の人であった。「止」は句末で語調を整える助詞）。

跡（生き方）を風雲に寄せ（自然にまかせ）、茲《こ》の慍喜（世間的な怒りや喜びの表現）を冥《くら》くす（露骨に表さなかった）。

g 嗟余寡陋　瞻望弗及　顧慙華鬢　負影隻立　三千之罪　無後為急　我誠念哉　呱聞爾泣

嗟余《ああわれ》寡陋にして（見識が乏しく低俗であり）、（祖先の人々を）瞻望《せんぼう》するも（仰ぎ慕うものの）（その足元にも）及ばず。顧みて華鬢《かびん》に（早くも白髪混じりとなった我が身を）恥じ、影を負ひて（影法師を引きずって）隻《ひと》り立つ（一人立ちすくむばかり）。

三千の罪（人が背負っているという三千の罪業の中で）、後《のち》無きを急となす（最も差し迫ったものとされる(7)）。

我誠に念ふかな（心底願っていたのだ）呱《こ》として（呱呱の声をあげ）爾の泣くを聞くを。

h卜云嘉日　占亦良時　名汝曰儼　字汝求思　温恭朝夕　念茲在茲　尚想孔伋　庶其企而

卜すれば云《ここ》に（日を占ってみると今日はまことに）嘉き日、占ふも亦た良時（良い時節）汝に名づけて儼(8)と曰ひ、汝に求思(9)と字《あざな》せん。

温恭なれ（穏やかに慎み深くあってほしい）朝夕に、茲《これ》を念《おも》へば茲《ここ》に在り（そのことがいつも頭にこびりついて離れないようにしてほしい(10)）。

尚《なほ》想ふ孔伋を、庶《ねが》はくは其れ企てよ。

i癘夜生子　而遽求火　凡百有心　奚特於我　既見其生　実欲其可　人亦有言　斯情無仮

癘（ハンセン氏病の人）夜子を生み（子が生まれ）、遽かにして火を求む（病気にかかっていないかどうか確かめようとした(11)）。

凡百《ぼんびゃく》（世間の並のひとすべて）心（子供の健やかな生育を願う心が）有り、奚《な》んぞ特《ただ》に我に於けるのみならんや。既に其の生るるを見るや、実に其の可ならんことを欲す。人も亦言へる有り、「斯《こ》の情仮《か》無し」と。

j日居月諸　漸免於孩　福不虚至　禍亦易来　夙興夜寐　願爾斯才　爾之不才　亦已焉哉

日や月や（たゆみなく過ぎてゆく日よ月よ）(12)。漸く孩（乳幼児期）より免れん（抜け出てゆくだろう）。（この人生にあっては）福は虚しくは（いたずらには）至らず、禍も亦た来り易し。夙《つと》に興《お》き夜ふけて寐《い》ね、（かくして）爾《なんじ》の斯《こ》の才を願ふ。（だが）爾の不才なるも　亦た已《や》んぬるかな（それもまたやむを得ないことであろう）。

【注】

（1）御竜は夏の王孔甲から、尭の子孫の劉累《るい》が下賜された姓、御竜氏。劉が竜を手なずける技に優れていたことによるという。『史記』の夏本紀に「劉累竜を擾《なら》すを学び、以て孔甲に事《つか》ふ。孔甲之《こ》の姓を賜ひ、御竜氏と曰ふ」とみえる。

（2）殷王武丁は、劉累の子孫に豕韋《しい》氏の後をつがせたという。『左伝』の襄公二十四年「虞《ぐ》（舜の治世）より以上陶唐氏と為す。夏に在りては御竜氏と為り、商に在りては豕韋氏と為る。」と見える。

（3）陶舎は漢の高祖の功臣、開封候に封ぜられ、愍公と謚された。（『漢書』巻十六高恵高后文功臣表）

（4）『易』繋辞伝上の「子曰はく、君子の道、或いは出で或いは処る。或いは黙し或いは語る。」に基づく。

（5）「疇」はここでは、功績にむくいて封爵を賜ること。一解には「はかる」、君主が臣下に相談すること。

（6）具体的には不明。「専征」は皇帝から遠征の全権を委任されること。龔斌氏『淵明集校箋』では『国語』周語上「宣王既喪南国之師＝宣王（前八二七〜七八二西周末）既に南国の師（軍団）を喪《うしな》ふ。」についての三国・呉・韋昭の注・「南国、江漢之間也。」を引く。一方孫均錫氏の『校注』は、陶侃がはじめ荊州刺史に任じ、武昌に幕府を置いた後、広州、江州などの刺史、東晋南方の八州都督諸軍事（総司令官）の地位についたこと指しているとする。妥当な見解といえよう。

（7）『孝経』五刑章に「五刑の属三千、而うして罪不孝より大なるは莫し」と見える。

（8）「儼」はうやうやしい、おごそか、などの字義をもつが、この文字の特殊性と、次の注で触れる字との関連から、『礼記《らいき》（小載礼）』冒頭の曲礼《きょくらい》上第一の書き出し部分から選ばれたことは明かである。曲礼の本文は次のように記される。「曲礼（礼の細則）に曰はく、敬せざること毋《な》かれ（いつも心身を引き締めて、敬の態度を保たねばならない）。儼として思ふがごとくし（独りでいるときは、端然として考えにふけっている姿勢をとり）、辞を安定にす（人に対するときは、言い方が穏やかでかつ確かであるようにする）。民を安んずるかな（そうしてこそ、人民から信頼されるのだ）。」

（9）中国の士人階層においては、古来名（本名）と字《あざな》（呼び名）は厳しく区別された。名は本人が名乗るのが原則であり、別人で名を呼んで差し支えのないのは両親、恩師、親密な友人などの範囲に限られ、赤の他人が名を呼ぶのはタブーであり、きわめて非礼な行為として忌み嫌われた。本名は死後も諱《いみな》として、呼ぶのは慎まれた。字は他人が呼ぶ場合のものとされ、意味の上で本名と関係を持つ名称が用いられた。例えば孔子の場合、本名は丘、字は仲尼で、仲は上下に兄弟があることを示し、尼は母親が尼山の神に祈って孔子を生んだという伝承から丘と関係があると理解されている。

最後に本注の主題である字「求思」が、孔子の孫孔伋、字は子思のような人物になってほしいという願いをこめたものであることは改めていうまでもないであろう。ただ見過ごせないのは、長男が孔子の思想の正統を継ぐ理想的な儒者になってほしいという熱い思いを、淵明が親として掛け替えのない命名の営みに注ぎこんでいる点である。その意味から、彼の思想の核を考えてゆく上で「命子」詩は極めて重要な意味を含んでいるといわなければならない。

(10) 『書経』大禹謨《たいうぼ》で、舜が禹に対して天下の権を弾譲したいと意思表示をすると、禹が辞退し、代りに皐《こう》陶《よう》を推薦しようとしたときのことば。「舜帝の頭の中にはいつも皐陶のことがこびりつき、ふと考えてみると皐陶のことになり、やめて変えようとしてもやはり皐陶のことになっておられる。それほど皐陶を大切に思っておられる。＝茲《これ》を念へば茲に在り、茲を釋《す》つるに茲にあり。」この禹のことばのように「温恭」の二字を心に焼き付けてほしいということ。

(11) 『荘子』外篇天地第十二の挿話。

(12) 「居」「諸」ともに句末疑問、あるいは詠嘆の情を表す語気詞。
『詩経』邶風、柏舟に「日居月諸　胡迭而微＝日や月や　胡《な》んぞ迭《たが》ひに微《か》くるや」とある。

九　淵明の死

潜、元嘉四年卒、時年六十三。

潜、元嘉四年卒《しゅつ》す。時に年六十三なりき。

一〇　各史伝の比較対照

淵明の死後、劉宋および南斉王朝の著作省（王朝史の編纂所。基本的には秘書省に属した）には、彼に関する資料はほとんど存在していなかったと思われる。ただ顔延之の「陶微士誄」は独立した作品として、多くの人に読まれ、それに付随して「陶淵明集」もかなり流布していたはずである。しかし、六世紀初頭の蕭統が「更に（作品の）捜求を加へ、粗《あらま》し区目を為る」作業をしなければならなかったと記し（『陶淵明集』序）、元・李公煥、《箋注陶淵明集巻末付録、四部叢刊》、それにきびすを接する北斉の陽休之（六世紀後半）の「序録」は次のように述べている。すなわち、宋、斉の間『淵明集』には二種類のテキストが世に行われていたこと、一本は八巻で序がなく、他の一本は六巻で序と目録が付されていた。いずれも秩序が混乱し、作品数も少なかった。蕭統が編集したテキストは八巻で、序、目録、伝記、顔誄を載せ、「五考伝（天子、諸侯、卿大夫、士、庶民の孝行者の略伝）」「四八目（別名・集聖賢羣輔録～古来の聖人、賢者を補佐した人々を概略四人ないし八人にまとめて列記したもの）」は欠落している。編集はきちんとなされ、順序も整理されている。余は潜の詩文を愛し、異なった三本では亡佚の恐れがありはしまいかと考えた。そこで欠落していた作品および序目録などを集録し、合わせて一帙十巻とした（北斉、陽僕射《ぼくや》・休之序録）（清陶澍《とうじゅ》集注『靖節先生集』巻首諸本序録）（文学古籍社、一九五六）

第Ⅰ章四節の冒頭部において触れたところであるが、声律の面から新たな修辞主義を樹立しようとした沈約は、彼独自の鋭敏な文学的感覚をもって、延之の文名を確立したといわれる「顔誄」と、ずさんな編集の淵明の私家集を読み、本来は甲子記年の問題など、晋朝の人士として扱うべき陶淵明を、敢えて『宋書』中に登場させたのだと考えられる。風変わりな田園詩や、虚構や空想的傾向を帯びた雑多な詩文から、限られた時間のうちに、伝記的真実に迫る四作品を選び出すのは、余程の慧眼の持ち主でなければ不可能なはずである。

結果、後に続くいわゆる史伝類は、『宋書』の模倣か部分的改定の枠を超えるものにはなり得なかった。74・75頁の表は、その実情を簡単に図式にしたものである。

A『宋書』	B『蕭統・伝』	C『晋書』	D『南史』
陶潜・字淵明、淵明・字元亮、	陶淵明・字元亮 潜・字淵明	陶潜・字元亮	陶潜・字淵明 元亮・字深明
尋陽桑柴人	同A	同A	同A
曽祖侃、晋大司馬	同A「穎脱不群、任真自得」	侃の曽孫、(5)祖父・茂武昌之太守	侃の曽孫
少有高趣	少有高趣、博学、善属文	『蕭伝』にほぼ同じ、為郷鄰之所貴	同A
「五柳先生伝（賛欠）」時人実録という	同A 同A	同A 同A	同A（本文十一字欠） 同A
州の祭酒に起家・辞任	同A	同A	同A
州主簿招聘は辞退	同A	同A	同A
躬耕による発病	同A	同A	同A
×	刺史檀道済の見舞・梁肉を拒否	×	同B
鎮軍・建威参軍	同A	同A	同A
彭沢令に単身赴任	同A	同A	同A
	童僕を家に派遣、人らしく扱えと委嘱	×	×
公田に 稲を播種・督郵に束帯での拝謁拒否・辞職	同A 同A	同A 同A	同A 同A
「帰去来」（題名の「兮辞」と「序」欠	賦帰去来	同A	同A

義熙末著作佐郎招聘を辞退	ほぼ同A「義熙末」欠	ほぼ同B「郷親張野、周旋人羊松齢、寵遵など、酒をもって歓待」	同A
刺史王弘栗里で待ち伏せ供応」	同A	内容は共通するが、潤色が多い。	同A
顔延之との交情	ほぼ同A「弘欲邀延之、彌日不得延之」を付加	×	ほぼ同B
重陽の日、菊叢で弘からの酒に酔う	同A	×	同A
無絃琴	同A	意趣同A、位置文末部	同A
酒客に対し「我酔欲眠、卿可去」という率直さ	同A	共通の場面があるが、潤色の度が強い	同A
太守来訪時、冠で酒を漉す	同A	×	同A
王朝交替後、晋代の詩文には晋の年号を、劉宋のものには甲支のみ付加		×	同A
×	尋陽三隠をめぐる人間関係		
「与子儼等疏」	×	「自謂義皇上人」とその上の三句を引用	同A
「命子」詩	×	×	又為「命子」詩以貽之
	妻翟氏勤苦に安んじ、志を共にした。		ほぼBに同じ
潜、元嘉四年、時年六十三	元嘉四年、卒時六十三、世人は靖節先生と号した。	宋の元嘉中卒、六十三	元嘉四年、またお召しが有ろうとする折卒した。

一一　陶淵明の原像

陶淵明の史伝前記四篇について本章一〇節の一覧表から言い得ることは、オリジナルな「記録」は、沈約の『宋書』本伝だけであって、他はすべてそのアレンジか、ダイジェストに過ぎない。これは余りにも平凡な結論であるが、古来軽視されてきた点であろう。

また一六〇〇年余を隔てて右の史伝類から浮かびあがる陶淵明の姿は、超俗、飄逸なエピソードの複合体にほかならない。それは袁行沛氏の『陶淵明研究』の跋文とほぼ重なるものである。

しかし、エピソードの段階を一歩踏み越え、淵明の作品そのものに接触してゆくにつれ、その風貌は、より複雑な側面を示しはじめてくる。一つは四篇が、いずれも「五柳先生伝」を冒頭部に置いている点である。五柳先生は市井に住み、もの静かで寡黙、栄達利益を眼中に置かない。読書、飲酒、作詩、作文を娯しみとし、極端な貧しさをも平然と受け入れる隠士である。この意味においては、まさに超俗、飄逸ということばにそのまま当てはまる人物である。時を越えて中国の知識人つまり官僚たる者は、五柳先生への憧れを一つの原像として心の中に抱いてきたはずである。ただ注意しなければならないのは、四篇ともにこの小伝に「時人之れを実録と謂ふ」のコメントを付していることである。だが言わずもがなではあるが、文末の「懐ひを得失に忘れ、此れを以て自ら終はる。」は「損得勘定抜きで通し、天寿を全うしたい。」という意趣であり、明らかに願望か意思かの表現である。五柳先生は陶淵明の人柄、性格の何割かが投影されているが、淵明その人ではない。「日月擲人去　有志不獲騁　念此懐

悲悽　終曉不能静＝日月は人を擲《す》てて去り　志有るも騁《は》するを獲《え》ず　此れを念ひて悲悽を懐《いだ》き　曉を終るも静まる能はず」（雑詩・其二）あるいは「万化相尋繹　人生豈不労　従古皆有没　念之中心焦＝万化（万物の変化）は相尋繹《あいじんえき》す（つぎつぎと関連しながら推移していく）　人生豈に労せざらんや（人の生きることは何と苦労が多いことか）　古《いにしへ》より皆没する有り　之れを念へば中心焦《こ》がる」（「己酉《つちのととり》の歳、九月九日」）、五柳の達観とないまぜて、このような焦燥や苦悩が彼の内面に燃えたぎっていたことに当時の人々がどれだけ思いを致したであろうか。

次に第二として「蕭伝」では僅かしか触れられないが、四篇ともに「帰去来」が引用されていることである。官吏の職に在るものにとって、隠逸への一歩を踏み出すことは、いかに深刻な精神の葛藤を味わわねばならないか、これは誠実な士人たる者なら、少なくとも一度は体験せずにはいられない問題であろう。であればこそ官職を放擲して田園の郷里に帰る決断に踏み切った爽やかさの絶唱は、「隠逸宣言」をしたくてもできない人々の心に、深く沁みこむ力を有しているのである。

さらに三つ目の陶淵明の原像として迫ってくるのは、息子たちへの肉親愛と、そこを起点として人間の等質性を自覚し、人は皆きょうだいという開かれた人間愛の発想である。それを示すのが、本伝の終末部に説明抜きで並べられた「子の儼等に与ふる疏」と「子に命づくる詩」である。「疏」は生活者としては人生に失敗した父親が、貧しさゆえに子供たちに苦労をかけさせたことを顧みながら、なお『論語』にいう「四海皆兄弟」の仁愛の精神を忘れず、互いに睦みあい、人々から尊敬を受けるよう、広く正しい道を歩いて行けとさとしている。ここでの淵明は、すでに隠逸者の非社会性の枠を踏み越えた場に立っている。また「詩」は、遅くなってから生まれた長男に向かい、名門の輝かしい歴史を荘重な口調で説き聞かせてきた作者が、中途から一転して平凡な父親の顔に戻り、それでも息子だけは奮励努力して儒家の道徳を身に着け、かの子思のような高潔な人格を目指して生きるようにという願いを吐露した作である。記録者沈約自身、血の通った詩人淵明を凝視しているのでなかったら、これら二篇で文章を収束させることはなかったであろう。

III 陶淵明の名前と生没年

一 名前と字について

南北朝後期から初唐ころまでは、人間的な隠士としての魅力で、さらに盛唐以後は加えるに作品の完成度において、人々の敬愛を集めるに至った陶淵明であるが、その文名の高さに反比例するかのように、伝記的事項のほとんどが不明確である。まず人間としての基本条件である呼び名からして定かでない。士人の若者が成人を迎えるまでに確定される名前と字《あざな》について、第Ⅱ章末の史伝対照表に見られるように、彼ほど異説のある文人は史上皆無である。顔延之の誄文の「淵明」は、同時代人による唯一のものであるが、死後六十年の『宋書』（名「潜」、字「淵明」）同約百年後の蕭伝（名「淵明」、字「元亮」）の記載とは内容を異にしている。なぜこのように入り乱れたのか、古くからの解釈には二つの立場がある。一つは彼自身の改名によるとするもの、他の一つは幼名と成人してからの名を持ったためだとする見方である。

①改名説と幼名説

改名説

i（東晋では）「潜、字は淵明」→（劉宋では）「淵明、字は元亮」＝南宋・葉夢得《しょうぼうとく》の説――（南宋、呉仁傑『陶靖節先生年譜』元嘉三年・四二六の項所引）

ii（東晋では）「淵明、字は元亮」→（劉宋では）「名のみ潜と改称」＝呉仁傑『年譜』元嘉三年の項説

幼名説

i（幼名）潜→（成人）「淵明、字は元亮」＝梁啓超「陶淵明年譜」（梁氏『陶淵明』上海商務印書館・一九二四所収）

ii（幼名）淵明→（成人）「潜、字は淵明」＝古直『陶靖節年譜』（古氏『陶靖節詩箋』所載。同書の初版は中華書局一九二六、所見のものは台北広文書局一九七九・三版）

右の四説はその都度若干の賛否両論が出されたが不燃焼のまま終わっている。所説の根拠は省略に従

う。むしろ日本の斯波六郎氏が指摘されたように（『陶淵明訳注』上編、北九州中国書店一九八一）、没後約半世紀にしてすでにいずれかが正しいか判りようがなかったのが実態であり、名・字の混乱は、この詩人がそれだけ当時の政治や文学の中心から隔たった場所に生きていたことを物語っていると見なされる。

　現代の彼の呼び名は作品中で自身がそう呼び、同時代人である顔延之が誄で呼ぶ「淵明」が、一般に用いられている。しかし『宋書』『晋書』『南史』の三正史が隠逸伝の本伝の題に「潜」の名を記し、唐代の王維、杜甫、白居易などの著名人がそれを名として用いた。清朝の『四庫全書総目提要』集部、一七四二年（清・乾隆帝・愛親覚羅弘暦の乾隆四十七年）にいたっては、『陶淵明集八巻、晋陶潜撰』という編纂者の戸惑いを感じさせる題名を掲げている。「潜」の名は近代以後も使用される例がかなり見られ、その存在意義が消失したわけではない。『中国文学大辞典』が「陶淵明（中略）一名は潜、字は元亮」というように別説として姓・名・字を紹介するのは妥当な表現といえよう。

②諡《おくりな》について

廖仲安著『陶淵明』は、次の一文をもって、人物を紹介する。

「陶淵明、またの名は潜、字は元亮、知友から靖節の諡を受けたその人は、中国文学史上の大詩人である。[1]」

六朝、梁（五〇二～五五〇）の劉勰《りゅうきょう》（?・四六六～五二〇?）『文心雕龍《ぶんしんちょうりゅう》』第十二章「誄・碑」は、

「誄」の意味、および「誄と謚の関係」について、「大夫の材は、喪に臨んで能く誄す。誄は累なり。其の徳行を累《かさ》ねて、之を不朽に旌《しめ》すなり。（中略）誄を読み謚《し》を定むるは、其れ節文（人の世の節目となる文章の力）大いなり。」と記している。死者生前の立派な行いを繰り返し強調するのが誄の基本であり、（中略）誄を公《おおやけ》の場で朗読して（誄文に基づいて）謚を定めることは、社会規範としての「礼」の偉大さを一層輝かせるというのである。

陶淵明の謚「靖節」の由来は顔延之「陶徵士誄」序（『文選』巻五十七）に基づいている。

夫実以誄華、名由謚高。苟允徳義、貴賎何算焉。若其寛楽令終之美、好廉克己之操、有合謚典、無愆謚志。故詢諸友好、宜謚曰靖節徵士。

夫れ実は（人物の内容は）誄を以て華やかに（より美しくなり）、名は謚《おくりな》に由りて高し（より高くなる）。苟《いやしく》も（もしも）允《まこと》に徳義（高徳正義）ならば、貴賎は何ぞ算《かぞ》へん（問題にする必要があろうか）。（この人の）「寛楽（ゆったりと生活を楽しみ）令終（立派な最後を迎える）」の美、「好廉《こうれん》（清廉潔白を好み）克己」の操（節操）の若《ごと》きは、『謚典《してん》』に合ふ（合致する）有り、（しかも）謚志（古典）に愆《たが》ふ無し。故に諸もろの友好に詢《はか》り、宜しく謚して「靖節徵士」と曰ふべし。

右の序の「寛楽・令終」は「靖」と、「好廉克己」は「節」の意と合致している。「徵士」は学問・徳行がありながら官吏として召されても、徴に応じない士人の敬称である。「顔誄」の場合は最も早い用例の一つとしてあげられよう。ただ「諸もろの友好に詢り」は、高位の官僚でない隠士の諡号を定める場合の慣習であり、ここでは文飾に過ぎない。過去、明瞭に指摘した例を見ないが「靖節徴士」は顔延之個人の命名であることを確認しておきたい。

【注】

（1）寥仲安（一九二五〜）（北京師範学院・現首都師範大学教授）『陶淵明』（初版は一九六三中華書局上海編集所から「古典文学基本知識叢書」の一冊として刊行された。また再版は一九七九・上海古籍出版社の発行になる。拙訳『淵明伝』（汲古書院・一九八七）は、寥先生の恵贈された一九八一の再販第二次印刷を底本とした。

二　享年の通説と異説――南宋から民国一九二〇年代まで

敬愛する人物の名前が不明確であるのは、なんとも歯がゆい思いを禁じ得ないが、呼び名に次ぐ享年もいまだ統一見解が得られていないのが実情である。この問題の解決に向かって中国の研究者たちが傾けたエネルギーの大きさは、我々日本人の想像を超えたものがある。

年譜上ただ一つ確定しているのは、彼の死去の年が四二七（劉宋・文帝劉義隆の元嘉四年、丁卯《ひのとう》）で、これはすべての文献が一致している。問題は死去の年齢（享年、寿命）である。

①通説――六十三歳説

古来享年の通説は、六十三歳（三六五、東晋・哀帝・司馬丕《ひ》あるいは廃帝・海西公・司馬奕《えき》の興寧三年・乙丑《きのとうし》）出生とされる。基づくところは『宋書』本伝を中心とする各史伝（『南史』『蓮社高賢伝』には記載なし）である。

ところで右の六十三歳享年説が定説となり得ないのは、顔延之「陶徵士誄」の現存最古の刻本である、『文選』唐の李善（?～六八九）注尤袤《ゆうほう》本（一一八一、南宋・孝宗の淳熙八年刊）の淵明の終焉の記事が次のようになっているためである。

「春秋若干、元嘉四年月日、卒於尋陽県之某里。」

②「春秋若干」が六十三歳でないとすれば何歳となるか、次に南宋から民国にいたる代表的な三つの異説を紹介しておく。

i南宋、張縯《えん》「呉譜弁証」――→七十六歳説　朱熹（一一三〇～一二〇〇）の弟子、張氏の享年は未詳。―淵明の出生は（三五二、東晋・穆帝、司馬聃《たん》の永和八年・壬子《みずのえね》）（『呉譜弁証』原本逸亡、今は元・李公煥箋注『陶淵明集』総論中に所収）。

ii民国、梁啓超「陶淵明年譜」――→五十六歳説　一九二七年発表。―淵明の出生は三七二（東晋・孝文帝、司馬曜咸安二年・壬申《みずのえさる》）梁氏「陶淵明年譜」・『陶淵明』商務印書館・一九二三年に所収。

iii民国、古直「陶靖節年歳考証」——→五十二歳説　一九二六年発表。—淵明の出生は三七六（東晋・孝武帝、司馬曜の太元元年・丙子《ひのえね》）古直「淵明年譜」・『陶靖節詩箋』（隅楼叢書本）中華書局・一九二七訂正再版。

張氏梁氏ともに根拠として陶淵明の「遊斜川・并序＝斜川に遊ぶ・并びに序」（巻二、詩五言）を取り上げている。しかし基本的な問題点は、同じ詩でありながら、歳時、年齢等のキーワードが異なる異本によったため、導き出された結論に相違が生じていることである。

第Ⅱ章一〇節、「各史伝の比較対照」で一部触れたように、古来『陶淵明集』の編次は錯乱が甚だしかったのを、六世紀初めの梁の昭明太子蕭統が整理のうえ序と伝を加え、それを同世紀中葉の北斉の陽休之が別系のテキストと校合をこころみた。しかし唐から南宋までの時が流れ、北宋の宋庠《そうしょう》（九九六〜一〇六六）が称揚した『江左本（長江下流の南岸の地、今の江蘇省の南部、浙江省北部・地名は不明の地域で発見された一つのテキスト）』が主流を占めたごとくであるが、なお定本とするに値する版本は成立しなかった。明・清にかけて、北宋本は完全に消滅し、本節注（1）にあげるような若干の南宋本がそれぞれ天下の孤本として伝えられた。だがそれらの間にもかなりの異同が存在する。

以上の状況を前提として、張縯が七十六歳享年説のよりどころとした「遊斜川・并序」の序の冒頭の九句と末尾の四句、ならびに詩二十句の前半中の八句を引用する。ゴシック体の部分は本節注（1）にあげた南宋版本間に相違の見られる表記である。本文は汲古閣旧蔵本（袁行霈『陶淵明集箋注』による）。

（序）**辛丑**正月五日、天気澄和、風物閑美。与二三鄰曲、同遊斜川。臨長流、望曽城、魴鯉躍鱗於将夕、水鴎乗和以翻飛。（中略十句）悲日月之遂往、悼吾年之不留。各疏年紀郷里、以記其時日。＝**辛丑**《かのとうし》の正月五日、天気は澄みて和やかに、風物は閑美なり。二三の鄰曲（近隣の人々）と、同に斜川に遊ぶ。長流に臨み、曽城（山の名）を望むに、魴鯉（ヒラ魚や鯉）鱗を将に夕べならんとするに躍らせ、水鴎（水に浮かぶ鴎が）和に乗じて（あたりの穏かさ合せて）以て翻飛す。（中略）日月の遂に往くを悲しみ、吾が年の留まらざるを悼む。各おの年紀郷里を疏《そ》し（箇条書きし）、以て其の時日を記す。

（詩）開歳倏**五十**　吾生行帰休　開歳倏《たちま》ち**五十**　吾が生行ゆく帰休せん（死を迎えよう）とす
念之動中懐　及辰為茲遊　之を念へば中懐（心の中）動き　辰《とき》に及びて茲の遊びを為す
気和天惟澄　班坐依遠流　気和やかに天惟《こ》れ澄み　坐を班《わ》かちて遠流（遠くから流れてくる川のほとり）に依る（すわる）
弱湍馳文魴　閑谷矯鳴鴎　弱湍《じゃくたん》（ゆったりとした流れ）に文魴（彩りのある鮑魚が）馳せ（閃き）閑谷（静かな谷あい）に鳴鴎矯《あ》がる

現存の各南宋本（注1参照）では、序の冒頭と詩第一句末の二字が、それぞれ次のように相違している。

	(序)		(第一句)	
	正文	異本校注	正文	異本校注
1・汲古閣旧蔵本	辛丑	一作酉	五十	一作日
2・曾集本	辛丑	一作酉	五十	一作日
3・湯漢注本	辛丑	一作酉	五日	一作十
4・蘇(軾)写本	辛丑歳	――	五十	――
5・焦竑本	辛丑	――	五十	宋本《(宋庠)》作十、一作日、非

(辛酉なら四二一・宋の武帝の永初二年)

i張縯の「呉譜辨証」の冒頭には、その淵明享年説が、「もし」という仮定による控えめな表現で、次のように述べられている。

先生辛丑游斜川詩言「開歳倏五十」、若以詩為正、則先生生於壬子歳。自壬子至辛丑、為年五十、迄丁卯考終、是得年七十六。

先生辛丑(四〇一、安帝の隆安五年)の「游斜川」詩に「開歳五十」と言ふ。若し詩を以て正しと為せば、則ち先生は壬子の歳（三五二、穆帝の永和八年）に生る。壬子より辛丑に至るまで、年五十為り。丁卯（四二七、劉宋・文帝元嘉四年）の考終〈死去〉に迄《いた》りては、是れ年七十六を得ん。

右の記述からして張縯が読んだのは、汲古閣本、あるいは曾集本であったと推察される。南宋本中、湯漢注本は序は曽集本などと同じに作りながら、詩の「五十」が「五日」にされている。湯漢に従って読むならば、第一句は「歳が明けて早くも五日」と、全く異なった意味に解される。また汲古閣本、曽集本、湯注本の「辛丑」には「一に（ある本では）辛酉に作る」という横ならび同一の注が付けられている。このように、『陶淵明集』の由緒ある諸本のキーワードが一定しない以上、「遊斜川」詩を淵明の享年特定の資料とすることは極めて困難といわなければならない。

ⅱ五十六歳説――梁啓超

次に二十世紀に入って新たに提起された梁啓超の五十六歳説は、八つの根拠をあげるが、その中で中心となるのは、其四の「游斜川」詩についての論である。梁氏は次のように記す。

（梁説の其四）「『游斜川』一詩、序中明記『辛酉正月五日』、又云『各疏年紀郷里以記其時日』、而其発端一句為『開歳倏五十』、則辛酉歳先生行年五十、当極河信憑。

『游斜川』一詩は、序中に『辛酉正月五日』と明記す。又云ふ、『各おの年紀郷里を疏し（箇条書きし）以て其の時日を記す。』而して其の詩の発端一句は『開歳倏ち五十』為り、則ち辛酉歳に先生の行年（その時の年齢）五十なるは、当に極めて信憑すべし。」〈此の詩　俗本訛字有り、故に異論を生ず。本條に辨詳せり〉

しかし右の梁氏の論は、異文、異本の問題にはいっさい触れず、序は「辛酉」、第一句は「開歳五十」と決めてかかっている。それだけですでに論議の対象からはずさなければならないといえよう。

ⅲ五十二歳説——古直

以上の張演、梁啓超の所説に対し、古直のよりどころとするのは「祭従弟敬遠文」である。（『陶靖節年譜』『陶靖節年歳考証』）

淵明には兄弟はなかったが、兄弟にもまして心をゆるしあったのが従弟敬遠である。二人の親しさは「癸卯《みずのとう》歳十二月中作、与従弟敬遠」（巻三、詩五言）およびとりわけ、「祭従弟敬遠文」（巻七、疏・祭文）につまびらかに述べられている。敬遠への祭文の冒頭は、次の一文をもってはじまる。

歳在辛亥。月惟仲秋、旬有九日。従弟敬遠、卜辰云窆。永寧后土。

歳は辛亥に在り。月は惟《こ》れ仲秋、旬有九日。従弟敬遠、辰《とき》を卜して云《ここ》に窆《へん》し（埋葬する）、永く后土に寧《やす》んぜしむ。

辛亥は四一一（義熙七年）。このときの敬遠は三十を過ぎたばかり、普通三十一歳とかぞえられている。

年甫過立、奄与世辞、長帰蒿里、邈無還期。
年甫《はじ》めて立（三十歳）を過ぐるや、奄《たちま》世と辞し、長《とこしな》へに蒿里に帰り、邈《ばく》として還る期無し。

一方この時の淵明は、通説に従えば四十七歳ということになるが、古直は独自の見解を提示する。根拠とするのは、「祭文」の次の一節である

惟我与爾、匪但親友。父則同生、母則従母。相及齠齔、竝罹偏咎。
惟《おも》ふに我と爾《なんじ》と但に親友のみに匪《あら》ず。（ふたりの）父は則ち同生、母は則ち従母（わが母はおまえの伯母という間柄だった）（淵明と敬遠の母はともに孟嘉の娘であった）。齠《ちょう》（わたしが十二歳）齔《しん》（おまえが七歳）に相及ぶに（それぞれなったときに）、竝びて偏咎《へんきゅう》（片親の死）を罹《かうむ》る。

一方淵明の幼児期の体験に触れた作として『祭程氏妹文＝程氏にとつぎし妹を祭る文』があるが、その「茲妣早世　時尚孺嬰。我年二六　爾纔九齢。＝茲妣《じひ》（亡き慈母が）早世し、時に（私と妹は）尚孺嬰たり（幼児であった）。我は年二六　爾は纔《わず》かに九齢のみ。」の四句中の「茲妣」について、李公煥、

陶澍をはじめ、一般にはこれを淵明の庶母（父の妾《しょう》）とするのが通説である。だが淵明の実母が後年まで生存していたことは、『宋書』や淵明自身の詩文からも明らかであるため、梁氏、古氏ともに彼の幼児期死去したのは、母ではなく父であり、伝写の際「茲考」とすべきところを、「茲妣」と書き誤ったのだと解釈した。ただ梁氏が他界したのが父であり、時に淵明十二歳としたのに加えて、古氏は敬遠の片親とほぼ同時に淵明の父が他界したという見解をとっている。（古直「靖節年譜」太元十二年（三八七）先生十二歳）

以上の家庭内の状況を踏まえて、従弟敬遠との年齢差、ひいては淵明の享年について、古直はその著作の二箇所で、彼の見解を表明する。

(1)「陶靖節年譜」義熙七年（四一一）先生三十六歳
有祭従弟敬遠文。文曰、「歳在辛亥云々。」又曰、「年甫過立云々。」又曰「父則同生云々。」

案、説文、「男八歳而齔。」「及齔」則七歳也。敬遠七歳、先生則在齠年、明相差不過数歳。若照旧譜、辛亥先生亦已四十歳、相差十六歳。即照梁譜、辛亥先生亦已四十歳、相差九歳。均不得云「相及齠齔」也。

案ずるに、『説文』に「男八歳にして齔す」と。（それなら）「及齔」は則ち七歳なり。敬遠七歳ならば、先生は則ち齠年に在り、相差《へだ》つること数歳に過ぎざるは明らかなり。若し旧譜（『宋書』本伝等旧年譜）に照らさば辛亥（四一一・義熙七年）には先生已に四十七歳にして相差《へだ》つること十六歳なり。即《も》し梁譜に照らさば辛亥には先生亦た已に四十歳にして、相差つること九歳なり。均しく「齠齔に相及ぶ」と云ふを得ざるなり。（「相及齠齔」という句から「及齔」という熟語を抽出したのは、他に例を見ない奇抜な発想といえよう。）

(2)「陶靖節年歳考証」第三、証明陶公止有五十二歳

自証一、「祭従弟敬遠文」云、「相及齠齔、并罹偏咎。」陶公与敬遠年齢之差数、即於『相及齠齔』一句定之。『説文』「男八歳而齔。」「及齔」則尚未齔、止七歳耳。齠、童子髪也。証以祭程氏妹文、則陶公「罹偏咎」時年止十二。「十二正属髫年。」詳此、陶公与敬遠年齢之差僅為五歳。敬遠卒于辛亥、「年甫過立」、甫、始也。始過而立、則為三十一歳。辛亥之年、敬遠三十一歳。辛亥之年、、敬遠三十一歳、陶公長敬遠五歳、則為三十六歳矣。由辛亥上溯生年為太元丙子。下推卒年丁卯、得五十二歳、与与子儼等疏「吾年過五十」、顔誄「年在中身」相応。

「陶靖節の年歳考証」第三、陶公（の享年）は止《ただ》有五十二歳のみなることを証明す。

（古直の）自証一、「祭従弟敬遠文」に云ふ、「齠齔に相及ぶに、并《なら》びて偏咎《へんきゅう》（両親のいずれかの死去）を罹《かうむ》る。」陶公と敬遠との年齢の差数は、「齠齔に相及ぶ」の一句に即《つ》きて之《これ》を定む。『説文《せつもん》』（二篇下・歯部）に「男は八歳にして齔す」と。（したがって）「及齔」は則ち尚《なほ》未だ齔せず、止だ七歳なるのみ。齠は、童子の髪なり。証するに「程氏にとつぎし妹を祭る文」を以てせば、則ち陶

公の「偏咎を罹りし」時の年は止だ十二なるのみ。「十二は正に髫年に属す。」此れに詳《つまび》らかならば、陶公と敬遠との年齢の差は僅か五歳為《た》り。敬遠は辛亥に卒《しゅっ》し（士人の死去をいう）、「年甫めて立《りっ》（『論語』為政第二の『三十にして立つ』に基づく）を過ぐ。」「甫」は「始」なり。始めて「而立」を過ぐれば、則ち三十一歳なり。辛亥の年、敬遠三十一歳なれば、陶公の敬遠に長ずること五歳、則ち三十六歳為り。辛亥より上《かみ》に生年を溯れば太元丙子（三年・三七七）為り。下に卒年を推せば丁卯（劉宋の文帝元嘉四年・四二七）、五十二歳を得。「子の儼等に与ふる疏」の「吾五十を過ぐ」、顔誄（顔延之の「陶徴士誄」）の「年は中身に在り」と相応ぜり。

古直の五十二歳説には右以外にも二条の「自証」があげられるが、傍証の域をでるものではない。

「祭従弟敬遠文」における「相及齠齔」から「及齔」という熟語を導き出し、それをキーワードとして、淵明と敬遠の年齢差および淵明の享年を帰納する古直の方法は、従来に考えつかない発想として学界の注目を浴びた。賛成論も多かったが、陸侃如の「陶公生年考察――跋古層冰陶靖節年譜」（『国学研究彙刊』第一集・一九二六）のような激しい反論も提起され、古氏も容赦なく応戦した。ただ朱自清の「陶淵明年譜中之問題・七」（『清華学報』第九巻第三期・一九三四）の指摘は、さすがの古直も想定しないものであったと思われる。朱氏の批評は次のように記述されている。

「古氏の論点を要約すれば、「祭弟文」は辛亥「四一一」に書かれており、そのキーセンテンスは、敬遠の「年甫過立、奄与世辞」、および「相及齠齔、并罹偏咎」である。一方「祭妹文」では「茲妣（朱注・古氏、妣は考の誤写と見なす）早世、時尚孺嬰、我年二六、爾纔九齢」があげられる。これらによるなら、淵明が片親の死に直面したのは、十二歳ということになる。また『広韻』の「髫は俗に齠に作る。」、『説文』の「齔は毀歯なり。男八歳にして齔す。」が引用されている。古君の見解によれば、淵明の十二歳は髫年にあたり、敬遠の「及齔」は七歳とされる。二人の年齢差は五歳、更に敬遠は辛亥（四一一）に卒し、「年甫過立」で三十一歳とされ、当年の淵明は三十六ということになる。以上のような古氏の説の組み立ては過度なほどに精緻である。辛亥が必ずしも敬遠の卒年でなく、「年甫過立」もまた必ずしも三十一を指すとは限らなくても、従来の六十三歳の旧説を打破できる可能性を持つものである。ただ、惜しむべき点は、拠り所とする原典がすべて陶澍の注本に限られていると見なされることである。汲古閣翻宋本（現代の通称は汲古閣旧蔵本・注1参照、以下同じ）、莫友之翻宋本（現・咸豊本）、曾集本、李箋（李公煥箋注本）などは「相及」の句をいずれも「相及齠齒」に作る。陶注のみが「相及齠齔に作るのは、必ずや明人の刻本を拠り所にしたに違いないと思われる。その理由は李公煥箋注において、この句のあとに付けられた説明が物語っている。

齠与齔義同、毀歯也。家語曰、「男子八歳而齔。」齠音条、齔音襯。

齠と齔とは義同じ、毀歯なり。家語（『孔子家語《けご》』）に曰はく、「男子八歳にして齔す。」と。齠は音条、齔は音襯。

右の注は「齠」の字を説明するための記述であるが、注で引用した「齔」も常用語でなかったので、公煥は関連して音解を施しておいた。だが、一見すると「齠」「齔」二字の注であるかの印象を与えかねない。それに影響された明の出版者が当て推量で本文の「齠歯」を「齠齔」と改変したことが考えられる。しかも李公煥がすでに注の冒頭で「齠」と「齔」は同義だと言ってしまっている以上、原文が結局「相及齠齔」に作ってあったとも強弁できよう。その場合特別の意味を持たなかった「相及」が、古君の言うようなこじつけの意味を帯びてくるのではないか。

このようにたどってくると、難攻不落とみえた古君の堅塁もたよりにはならないといわざるを得なくなる。

『宋書』紀伝（四八七成書）とともに成立した陶淵明の享年六十三歳説（三六五〜四二七）は一千五百年の長きにわたって、いわゆる通説の地位を保ち続けてきた。しかしそれはより完璧な異説の出現の余地を抱えた、不安定な「学説」であった。多くの時代、真実に対するひたむきな情熱と、「定説」の確立に己の名を重ねようという覇気に満ちた若い学徒たちが、謎の詩人陶淵明の人生を明らかにすべく、血のにじむような努力を傾けてきた。十三世紀初頭、南宋中頃の張縯、二十世紀はじめ辛亥革命を契機に発足した近代中国の梁啓超、古直、この三名は、現代の研究者が好んで用いる「陶学」の歴史領域で、忘れられてはならない姓名であろう。しかし結局張、梁、古の三氏の挑戦は、享年六十三歳の通説を克服しえずに終り、中国は学問研究もままならぬ二十世紀三十年代以降の国難の時代を迎えることとなった。一九三四年におおやけにされた朱自清の「陶淵明年譜中之問題」は、期せずして、陶学の舞台転換を告げる銅鑼の役割を果たすものとなった。

【注】

（1）文献記録の上でたどられる『陶淵明集』の最古本には、南朝梁の昭明太子蕭統による八巻本があり、それを受け継ぐものとして北斉の陽休之の十巻本、くだって北宋に至り、宋庠の十巻本、釈思悦の十巻本などがあったとされるが、いずれも亡佚し、基準となるテキストの存在しない状態が続くこととなった。南宋では印刷術が一応発達し、次の四つの版本が孤本（天下に一部しか存在しない書籍）として辛うじて今に伝えられている。

①汲古閣旧蔵本十巻（未見）

現在残されている最古のテキストとされている。北京図書館『中国版刻図録』増訂本（文物出版社・一九六一）によれば、上梓の年は記されていないが、他の版本との比較から、南宋紹興年間（一一二七〜一一六二）明州（浙江省杭州から寧波一帯）の名工の手で印刻されたものと認められている（松岡栄志「『陶淵明集』版本小識――宋本三種」『漢文教室』一七一号、大修館・一九九二）。汲古閣は明（一三六八〜一六六二）末江蘇・常熟の毛晋、毛扆《い》父子によって維持された有名な蔵書閣。清以後黄丕烈等著名な蔵書家のもとを転々とし、北京図書館（現中国国家図書館）に収蔵されるにいたっている。通称は汲古閣本または汲古閣旧蔵本。

また汲古閣本の影刻本として、咸豊本（莫友之・〈清代半ばの文人〉の題、咸豊年間（一八五一〜

一八六〇）、旌徳（安徽省太平県）の李文韓影刻）が現代の校勘の際重視される。なお袁行霈《えんこうはい》『陶淵明集箋注』中華書局・二〇〇三、は汲古閣旧蔵本を定本としている由、小著の記述は袁氏箋注に従う。

②曽集本全一巻

南宋紹熙三年（一一九二）に贛川《かんせん》（江西省中南部贛県付近）の曽集によって刊刻された。『陶淵明詩一巻・雑文一巻』二冊、通称曾集本。清末常熟（江蘇省呉県）、瞿鏞《くよう》の鉄琴銅剣楼を経て、張元済による『続古逸叢書』・上海商務印書館（一九二四？）の一部として影印され、やがて北京図書館の架蔵に帰した。なお経緯は不明であるが、一九七〇年香港の文文出版社から写真影印本が出版されている。なお私見であるが、曽集本と汲古閣旧蔵本とは重複する部分が多く、同一の版木から分岐された可能性が強いと推測される。

③伝蘇写刻大字紹興本『陶淵明集』十巻（通称・蘇写刻本または紹興本）

一六九四年（清の康熙三十三年・甲戌）汲古閣で重刊され、毛扆（毛晋の長子）の跋文が付されている。それには先君（毛晋）から汝の外祖父が蘇文忠公（蘇軾）の手書『陶集』を有していたが、火災のため灰燼に帰したことを聞かされ、一日として忘れることはなかった。たまたま蔵書家銭曽（字は遵王）氏宅で、実物に触れる機会があった。仔細に吟味すると、筆法は東坡のものといえたが、僧思悦の紹興十年（一一四〇）の跋文が付されていたため、南宋における重刻であることが知られたという経緯が記されている。結局は銭氏みずからが所有本を書写し、毛扆はそれ（現本か写本かは曖昧）を譲り受けて出版したものである。今日では康熙甲戌本から多くの重刻本が生まれ、巻間に伝わっている。

④南宋湯漢注『陶靖節先生詩』四巻（通称・湯漢本、湯漢注本）

淵明の詩のみを選んだ『陶淵明集』最古の注釈本（「桃花源記」だけは刊載）。刊行年については、橋川時雄『陶集版本源流攷』四、南宋刊本各紀要（復刻本『文字同盟』第三巻、汲古書院再版一九九一）および『北京図館善本書目』一九八七は南宋・理宗・淳祐元年・一二四一とするが、それは湯漢序末尾の「淳祐初元九月九日鄱陽湯漢敬書」に基づくものである。しかし『古逸叢書』三篇複製本、中華書局一九八八の説明によれば、本書中に残されている刻工の名が、咸淳元年（一二六五）建寧府の知事呉革の刊行した『周易本義』と重なっていることや『宋史』巻四三八儒林伝に見える湯漢の本伝などに、彼の福州知府在任の期間が明記されないものの、建寧府の版刻の名手に委嘱するには咸淳年間（一二六五〜七三）が最もふさわしいとされたということである。また本書中には、周春、黄丕烈などの題、跋が付刻され、民間を流伝した数奇な閲歴を伺わせる。現在は国家図書館所蔵。

⑤焦竑所蔵『陶淵明集』（通称・焦竑所蔵本、焦竑本）

『五孝伝』はあるが、『四八目』はない。南宋本と見なされるが、原本の所在は不明、復刻本のみ少数が巻間に流伝。

橋川氏『陶集版本源流攷』四に、氏がたまたま所有していた宋刊本の零葉と、焦竑本の規格がかんぜんに一致していた体験が記されている。

郭紹虞「陶集考弁」（『照隅室古典文学論集――上篇』上海古籍出版社・一九八三）によれば、焦竑本には次の特徴が見られるという。a．巻数は蕭統本と一致するが、内容は異っている。b．校語は宋本と一致する部分が多いが、汲古閣蔵十巻本とは異っている。c・陽休之「序録」、宋庠「私記」、思悦「書後」等が欠如している。以上によれば、この書は宋庠本の面目を保っており、汲古閣蔵十巻本以前のもの、宋時の蕭統本を別の宋本と照合したものと見ることができる。

一方橋川氏の実見した焦竑本には、万暦二十一年癸卯・一五九三の刊年と所蔵者焦竑の跋文が記されていた（通行本にはない）との由である。跋によれば、印刷出版を担当したのは、粛卿、名は如紀、新安（今の浙江省淳安県）の人ということである。橋川氏は焦竑本が宋庠本であることを否定する。理由は注の文に「因宋本作某」という記述がしばしば見える点である。郭氏がこの書を未見と付記していることからすれば、橋川説を是とすべきであろう。

焦竑本は複写しか残存せず部数も僅かで、現在では利用が困難で取り上げられていないが、良本として次の注釈書が引用しているところから、中国での復刻を切に希望したい。――陶澍『靖節先生集』、逯欽立『陶淵明集』中華書局・一九七九、王孟伯『陶淵明詩文校箋』黒龍江人民出版社・一九八五、孫鈞錫『陶淵明校注』中州古籍出版社・一九八六。

三　陶淵明の生没年――一九三〇年代の論議の中断

前説における梁啓超・古直両氏の説は、発表後広く注目を集め、今なお賛成する意見が見られる。例えば梁氏の説をとるものには、李辰冬『陶淵明評論』台北中華文化出版事業委員会・一九五六、／黄仲崙『陶淵明評伝』台北帕米爾《パミール》書店・一九五六、／孫守儂《そんしゅどう》『陶潜論』台北正中書局・一九七八、／陳怡《ちんい》良《りょう》『陶淵明之人品与詩品』台北文津出版社・一九九三などがある。また古直説は一九三〇年代から四〇年代にかけての、日本侵略・十五年戦争・国共内戦下の混乱の中でも、頼義輝「陶淵明生平事跡及其歳数新考」・『嶺南学報』第六巻第一期・一九三七、逯欽立《りょくきんりつ》「陶淵明年譜稿」・『史語所集刊』第二十本(上)・一九四八など、支持する論稿が発表されているが、衆目を集めはしたものの、賛成意見は多くはなかった。古氏の業績として長期にわたり淵明の読者に深い影響を与えたのは、むしろ『陶靖節詩箋』であったといえよう。その享年説に不賛成の意見を表明した朱自清も、『詩箋』に対しては、特に「陶詩的深度」——評古直『陶靖節詩箋定本』(層冰堂五種之三)」(『清華学報』第十一巻第二期、一九三六)において、高い評価を行っている。(1) しかし梁氏「陶淵明年譜」への遊国恩の跋文(「陶潜年紀弁疑」)、古氏「陶靖節年譜」への陸侃如「陶公生年考——跋古層冰陶靖節年譜」および朱自清の「陶淵明年譜中之問題」等の厳しい批判によって、両説とも『中国文学大辞典』呉小平氏の記述(前掲第I章・三節)に見られるように、定説としての扱いを受けるに至っていない。また『年譜稿』で古直説を支持した逯欽立《りょくきんりつ》氏は、その後の『陶淵明集』中華所局・一九七九の跋で自説の誤りを認める。そしてその書の付録「陶淵明事跡繫年」の義熙十年(四一四甲寅《きのえとら》、淵明五十歳の条において、「遊斜川・并序」詩をとりあげ、詩の第一句は「開歳倏五十」だとしつつ、序・冒頭の「辛丑」は通説のように歳を表示するのではなく、日付を表わしたものであるという新しい見解を提起した。陳垣《ちんえん》の『二十史朔閏表《さくじゅんひょう》』をみると、義熙十年正月元日は辛丑にあたる。甲寅に五十歳なら、死去の丁卯《ひのとう》・元嘉にはまさしく六十三歳となるわけである。(2)

朱自清は「年譜中之問題」の生没年を主題とした第七章において、享年六十三歳の通説は、「遊斜川」詩、「癸卯《みずのとう》・懐古田舎」詩および「顔誅」の「中身」の解釈などにおいて検討の余地を残しながらも、(梁・古説に比し) 全体的に矛盾がないと判定する。だが全文の総括としての第八章では、淵明の伝記上論定できることとして四点をあげたあと、[3]「家系と享年についてはいささか疑問としておくしかない」と、今後の研究の深化への期待を表明して、文を結んでいる。

【注】

(1) 朱自清は古氏の『詩箋』の最も評価すべき点は、古人が経書《けいしょ》に対して行った注釈の方法を、忠実に陶詩にあてはめていることだとする。従来の註釈家は『述酒』その他二・三首を除き、淵明の作品は極めて平明であるとして、典故を中心とする注解より、いわゆる批評 (詩話) に力を注いできた。だが古氏が伝統的な註釈法に力を尽くした結果、読者ははじめて陶詩がそれまで思っていたように平易なものではなく、平明のうちに複雑な意味が隠されていることに気づかされたのである。

(2) ただし逯説の場合元日が辛酉とすると序の冒頭句の「五日」が余計になる。氏はそれを調整するため、「五の字は当に誤りなるべし」と補正を加えている。『詩文繫年』の「詩序以五日為辛酉、五字当誤」のような自説の整合のために原文を変更することは、他の研究者にも往々認められるところであるが、原則的に再検討を要する問題であろう。

(3) 陶淵明の年譜について、一九三〇年代までに論定された条項として朱氏があげるものは次のようである。

i 名と字……淵明、字は元亮、宋に入って名を潜と改めた。

ii自作の詩文で宋になってからのものには、元号を記さなかった。

iii住居……始め紫桑に住まいし、ついで上京に遷り、さらに南村に遷った。栗里は紫桑にあり、淵明がしばしば訪れた土地、上京は一時期住んだ場所、南村は尋陽の郊外。

iv官歴……はじめ州の祭酒、桓玄に仕え、丁憂（両親いずれかの喪）で帰郷、ついで州から主導に召されたが辞退、あらたに鎮軍参軍として劉裕に、建威参軍として劉敬宣或いは劉懐粛に仕え、彭沢の令で官吏を終わる。


前記のうち（i宋以後の改名は蕭伝中の引用のみで確認できない）（iii上京に住んだ時期、栗里と紫桑の位置関係は不明の点がある）（iv州の主簿に招かれた時期は祭酒を辞任とした後とするのが一般）などといった疑問が残され、論定と断言するまでには至っていないと考えられる。

四　人民共和国建国以来の新たな問題提起

一九三〇年代、中国国民は柳条湖事件（三一年九月一八日）を皮切りに、日本の中国に対する全面的侵略戦争の開始という未曾有の危機に直面した。朱自清、聞一多、王力など著名な研究者たちも抗日救国のため、雲南省・昆明市の西南連合大学にあつまり、三八年から四六年にわたり、困難な状況の中で、研究と教育に取り組まなければならなかった。だが日本が敗北したあとも、四六年から共産党と国民党の内戦が四年も続き、四九年十月「新民主主義革命」を標榜する共産党の指導のもと、中華人民共和国が建国され、ようやく安寧な生活を送れるようになったかに見えた。しかし息継ぐ間もなく、五〇年の朝鮮戦争、五二年の「過渡期の総路線」政策を機にした思想改造が強調され、知識人を主な標的とする五七年からの反右派闘争、五八年の大躍進政策、人民公社建設と、毛沢東の個人指導を軸とした大衆動員運動が連続し、六〇年代後半から七〇年代なかばに至るプロレタリア文化大革命へとつながっていった。

文芸や映画などの領域でも、階級性の有無をめぐって、五一年の映画「武訓伝」批判などさまざまな討論がおこっていたが、国民感情のなかに深く浸透してきた陶淵明の作品と生き方をどう評価するかという問題をめぐって、五八年末から六〇年三月まで、『光明日報』文学遺産欄を舞台に、全国的な規模で、学生や一般労働者をも交えて、いわゆる陶淵明論争が繰り広げられた。口火を切ったのは、「陶淵明は基本的に反現実主義の詩人である」という表題を掲げた北京師範大の学生達であり、郭予衡北師大教授ら教師・研究者からの諄諄とした説得を交えながらも、編集部は、多数の人達は淵明を反現実主義と認める中で、一部には現実主義の詩人、あるいは浪漫主義の詩人と見る人もあったと集約するように、今から眺めると反右派闘争に続く知識人批判という政略的動機に端を発するものであった。

以上のような抗日戦争、内戦、建国後の思想闘争の約四〇年間、発表の機会が極度に制限されるもとで、広くは古典文学、限れば陶淵明に焦点を当てた研究はそれでも地道に続けられていた。一九四二年から四八年の、中国の最も暗い谷間の時代、王瑤氏(一九一四~一九八九)が昆明での西南大学生、清華学院研究部中国文学部研究生、さらに北京に戻り、清華大学の教壇に立ちながら書き綴った『中国文学史論』（定稿は上海古典文学社一九五六出版。邦訳、石川忠久、松岡栄志『中国の文人「竹林の七賢人」などの時代』大修書店・一九九二）および同氏による淵明の作品を詩・文に類別し、それぞれを年齢順に配列し、解説と注を付した作品繫年形式の『陶淵明集』人民文学出版社・一九五六、／張芝（李張之のペンネーム）（一九一〇〜一九七八）の『陶淵明伝論』上海長風書店・一九五三などは、人民共和国建国以前の動乱の最中で準備されたものである。なお文化大革命（一九六六〜一九七六）収束直後の時期には逯欽立（一九一一〜一九七三）『陶淵明集』中華書局・一九七六／、呉雲（一九三〇〜）『陶淵明論稿』陝西人民出版社・一九八一／、鍾優民（一九三六〜）『陶淵明論集』、湖南人民出版社・一九八一／李華（一九三三〜一九八八）『陶淵明詩文選』人民文学出版社・一九八一などは、研究者に対する厳しい批判運動のさなかで、黙々と進められた蓄積が、一挙に開花したものと見ることができよう。

また文革から十年を経ない一九八四年の後半から、淵明の郷里である江西省九江市九江師範専科学校（現九江学院）の『九江師専学報』が、編集責任者の陳忠氏の努力によって、「陶淵明研究」の専欄を設け、全国の各研究者の論文が相互に発表される、ネットワーク作りの試みを開始したことも見落とされてはならない。

五　陶淵明の生没年——九〇年代の新説

淵明の享年の論定は、中国の研究者にとっては最も手を焼く問題の一つと意識されてきた。前説にあげた諸労作がいずれも旧説の立場で作業を進めているのは、梁啓超、古直の両説の矛盾がすでに指摘された以上、朱自清のいうように、六十三歳説がもっとも整合的な見解にほかならなかったからである。

しかし九〇年代に入ると、新進の研究者の中から旧説に甘んじるのを良しとしない見解が提起されるようになった。管見の及ぶ限りでは二篇があげられる。鄧安生氏（南開大教授）（一九四四〜）の五十九歳説と袁行沛氏（北京大教授）（一九三六〜）の七十六歳説である。

①鄧安生——五十九歳説

（淵明の出生・三六九年、東晋の海西公廃帝・司馬奕《えき》の大和四年・己巳《つちのとみ》）「陶淵明終年五九歳説検証」（同氏『陶淵明新探』台北文律出版社・一九九五）

「検証」は陶淵明の享年に関する二篇の論文「陶淵明享年六十三歳説の否定」「陶淵明享年の検討」のうち、第二論文の終末におかれている。第二論文は「陶淵明の享年に関する諸説のあらまし」「陶淵明享年諸説のよりどころに関する分析」「陶淵明享年五九歳説の裏付け」の三章から成るが、具体的な主張の表明は次の三段に分かれる。（一）「飲酒詩」から見た陶淵明の享年、（二）「戊《つちのえ》申年六月中遇火」から見た陶淵明の享年、（三）「遊斜川」詩に明示される享年——氏の力点が集中されるのは（三）である。

鄧安生氏がテキストとしてなによりも重視するのは北宋本である。氏がまずあげるのは明の焦竑《しょうこう》蔵八巻本（筆者未見）中に引用される「宋本は〜に作る」の注記で、ここでの「宋本」は「宋庠本（江左本）」を指すと見られる。「斜川」詩の第一句問題点（「五十」か「五日」か）の場合、「宋本は十に作る」と付記されている由である。第二は蘇軾の「和陶詩」で、東坡六十二歳の「遊斜川・并引」において、「靖節の歳を過ぐと雖ども、未だ斜川の遊を失せず」と詠じているのは、「開歳倏ち五十」の句を見ての感慨に相違ないと氏はいう。

北宋本による表記の確定のあと、鄧氏は序をも含め、「斜川」詩全体を貫く感慨が、人生の重要な節目である五十歳前後のものにほかならないと主張する。類似する詩文として「与子儼等疏」の「吾年過五十……疾患以来、漸就衰損……自恐大分将有限也。」、あるいは「雑詩」十二首其七（巻四・詩五言（十二句中後半六句）

素標挿人頭　前途漸就窄　素標（白髪）人頭に挿さば、前途漸やく窄《さく》に就かん。（残り少くなるだけだ）。

家為逆旅舎　我如当去客　家（人生）は逆旅《げきりょ》の舎（旅人を迎える旅館）為《た》り、我は当に去るべき（宿屋を立ち去る）客（旅人）の如し。

去去欲何之　南山有旧宅　去り去りて（どこまでも歩いていって）何《いづ》くに之《ゆ》かんと欲す、南山に旧宅（祖先伝来の墓地）有り。

その他かなりの数があげられる

ここで問題となるのは序の冒頭の「辛丑」（四〇一、隆安五年、通説三十七歳）と詩第一句の『五十』の年齢の矛盾である。この解決に鄧安生氏が援用したのが、「辛《かのと》丑」は歳ではなく日付だとする逯欽立の新発想であった。[1]ただ逯説では序の「五日」が障害となり、衍字とされているが、鄧氏は「辛丑正月五日」を正文と見なし、「正月五日」は作者の自注であり、職人が刻字する際、正文に混入させたものであろうと推量し、正月五日が辛丑に当たる年を陳氏の『朔閏表』で検索した。その結果四一八(義熙一四年戊丑《つちのえうし》)の元旦が丁酉《ひのととり》で、五日が辛丑《かのとうし》であることが確認された。戊丑が五十歳であるから、丁卯《ひのとう》には五十九歳になるという新しい享年説が成立することになる。

　鄧安生氏の新説には龔斌氏(華東師範大学)が全面的に賛同する『陶淵明校箋』(上海古籍出版社・一九九六)を発表しているように、今後かなりの影響力を発揮してゆくことが予想される。ただまず気にかかることは現実には存在し得ない北宋本(例えば焦竑本)を研究の出発点に置いていることである。橋川時雄『陶集版本源流攷』(復刻版『文字同盟』第二巻、汲古書院、一九九一)では、原本の所在は不明、ただ焦氏影刻本によって原本の編次は伺うことはできるとして、その内要を紹介している。なお郭紹虞の『陶集考辨』(『照隅室古典文学論集・上』上海古籍出版社、一九八三)も南宋本に類別し、橋川氏の紹介とほぼ類似している。

　以上刻本の不正確さをはじめ、細部にわたってなお検討を要する箇所が目につく。評価の定まるにはまだ時間を必要とすると思われる。

【注】

（1）逯欽立は一九四八、古直の五十二歳説への支持を表明したが（第Ⅲ章三節）、文革直後の『陶淵明集』（一九七九）跋で、その誤りを率直に認めた。ただ氏の第一句を五十歳とすると、序の「辛丑歳」は四〇一、「辛酉歳」とすれば四二一年、いずれも両立不能である。そこで氏は序の干支を歳の表記ではなく、日付だとする発想の転換に踏み切った。陳垣の『二十史朔閏表』によれば、淵明が五十歳（通説）を迎えるのは四一四（安帝の義熙十年甲寅）であり、しかも元旦が辛酉であった。これを起点とすれば、淵明の卒年四二七（丁卯）六十三歳と合致する。ただそこでは序の「正月五日」の「五日」が余計ものとして残ることになる。逯氏は「詩序は五日を辛酉とするが、『五』の字は誤りであろうと「事跡繫年」に書き込まざるを得なかった。

②袁行沛——七十六歳説

（淵明の出生——三五二年・東晋穆帝司馬聃《たん》の永和八年壬子）「陶淵明享年考弁」[1]

袁行沛氏の主論考「享年考弁」（『陶淵明研究』二一一頁）は本節注（1）に示したような校注諸本の研究、年譜彙考、作品繫年の一連の基礎的研究を集約し、系統化したものといえる。この一篇は前書きと結語を除き五章から構成されている。[2]

第一章は『宋書』の記述内容に対し、『顔誄』の方が信頼できるという見解が提示される。『文選』所載の顔誄は淵明の死去の年は記しても、享年には触れない。延之は淵明の生前の「友人」であり、誄文は死後間もなく書かれていながら、なおその年齢を明記できなかったのに、沈約の『宋書』は、淵明の死後六十一年を経てわずか一年弱で紀伝七十巻がまとめられた。状況の信憑性からすれば顔誄がはるかにまさっているにもかかわらず、沈約がいかにして淵明の享年を知り得たのか疑問とせざるを得ない。袁氏はその例証として、巻九十三隠逸伝に名を連ねる雷次宗（『宋書』では元嘉二十五年、六十三歳卒とされるが、実は六十九から七十八歳の間）、巻四十七孟懐玉・付伝孟龍符（死去の年次不明三十歳とされるが、実は義熙五年二十二歳）、その他巻七十二始安王・休仁、巻七十八蕭思話の誤りを指摘する。[3] 宗族や顕臣の享年すら誤りが認められる以上、隠士である雷次宗や陶淵明の場合はさらに疑ってかかるべきである。また『文選』・潘岳の「楊仲武誄」や、『広弘明集』・謝霊運の「廬山慧遠《えおん》法師誄」などで、死去の年に月日がはっきりと書かれているのを見ると、顔延氏の場合は省略ではなく、年歳が確認できなかったことも考えられると袁氏は付記している。

「享年考弁」の第二章は、年歳問題では避けて通れない「遊斜川」詩が取り上げられ、論点の中心部となっている。

袁氏がまず力を注いだのは、「遊斜川」詩の序の冒頭部分と詩の第一句について、本書第Ⅲ章二節の注（1）であげた南宋本五種とそれに関係のある次の二種の記述の検討であった。一つは『東坡先生和陶淵明詩』四巻で、『台湾中央図書館善本書目』が南宋慶元年間（一一九五〜一二〇〇）、黄州（今の湖北省黄岡市）刊刻と認定したもの、注目に値するのは、この版本中の原「遊斜川」の序が「辛丑歳」、第一句が「開歳倏五十」になっていることであると袁氏はいう。第二は元初李公煥の『箋注陶淵明集』

十巻（四部叢刊所収）、袁氏の綿密な調査によると、この『箋注』本は、明らかに湯漢注本を拡充したものにほかならない。ただ袁氏が注意を促すのは、『箋注』が湯漢注と本文を同じくしながら、異文についての小注を削除し、最後に以下の按語を付け加えていることである。「辛丑の年は靖節三十七なるも、詩には、開歳倏ち五十と曰ふ、乃ち義熙十年甲《きのえ》寅（四一四）なり。詩語を以って之れ（辛丑と五十の矛盾）を証すれば、序は悞りなり。今、開歳倏ち五日に作れば、即ち（序文の）、正月五日、と語意相貫く」袁氏は李公煥が湯漢の本文に従いながら、注の部分を削除したのは、単に意味が通じるということだけではなく、『宋書』の享年六十三歳説を有力にするため、淵明の原文を改変する意図を持っていたのであろうとする。それを明示するため、氏は刊刻の年次順に以上の六部の序と第一句の問題部分の一覧表を作成した。

	序	第一句
東披先生和陶淵明詩	辛丑	五十
汲古閣蔵陶淵明集	辛丑（一作酉）	五十（一作日）
蘇写大字紹興本陶淵明集	辛丑	五十
曽集本陶淵明集	辛丑（一作酉）	五十（一作日）
湯漢注陶靖節先生詩集	辛丑（一作酉）	五日（一作十）
李公煥箋注陶淵明集	辛丑	五日

右の表から読み取れるのは、北宋の版本では、「辛丑」「五十」であったのに、南宋に入るとまず注に「酉」と「日」が混入され、最終的には『箋注』のように、余分だと見なされる注が削除され、六十三

歳説に役に立つ本文のみが残されたという過程である。

こうして「遊斜川」詩を北宋刊本に最も近い形に復元した袁行沛氏は、十二世紀半ばの張縯と同じ、辛丑（四〇一年、東晋・安帝の隆安五年）に五十歳、丁卯（四二七年、劉宋・文帝の元嘉四年）には七十六歳の辞世の境を迎えたという「新説」を公表するに至る。この袁氏説は書誌学的に精緻を極めていると評価できよう。ともあれ、従来の六十三歳説になじんできた陶詩の読者を瞠目させずにはおかぬものである。しかし、七十六歳享年という意表を衝く主張には、反論が出されて然るべきであろう。管見に入った魏正申氏の「陶淵明寿年六十三歳説弁証」（『九江師専学報』第十七巻第七期、一九九八増刊号）は、その一つである。魏氏の論は淵明の詩文その他の文献資料を駆使し、多岐にわたるが、独断を恐れずにいえば次の二点に要約できよう。第一は「陶徴士誄」は作者顔延之が淵明と親交を持つ同時代人でありながら、主人公の他界の年以外は、その月日も、享年、あるいは軒を並べて暮らしたはずの地名（南村）など、誄文の基本事項を記さなかったのは、単なる簡略化ではなく、書けなかったためである。それに対し、死後六十年を経た沈約『宋書』本伝は、国家の公的文書であり、最低限の基本資料は確保されており、伝末の享年六十三歳は信頼すべき根拠を有しているとする。第二は袁氏が第一レベルの資料として重視する淵明自身の詩文の処理の仕方に問題があること。例えば「戊申歳六月中遇火」の第十三、四句「総髪抱孤介　奄出四十年＝総髪より孤介を抱き　奄《たちま》ち四十年を出ず」で、袁氏は総髪を後ろに束ねる年齢、一般には十五歳以上を指す。仮に十六歳としてそれに四十を加えると五十六歳、享年七十六歳説では、四〇八（義熙四年、戊申）、ちょうど火災に見舞われた年に相当する。袁氏の主張の重要な例証とされている。

だが「総髪」は「束髪」「結髪」と同義に用いられ、十五歳以下をも指す場合ものもある。『漢語大詞典』の「束髪」には「童年あるいは少年を指す」という解釈が付されており、年数は確定されない。これは一例に過ぎないが、『陶集』の用語を第一レベルとして扱うことは恣意的傾向をさけられず、極めて困難な作業であることを魏正申氏は指摘している。

袁氏の「享年検証」は以上触れた二章以外、「与子儼等疏＝子の儼等に与ふる疏」、「自祭文＝自ら祭る文」、「示周続之、祖企、謝景夷三郎＝周続之、祖企、謝景夷三郎に示す」詩、「怨詩楚調、示龐主簿、鄧治中＝怨詩楚調、龐《ほう》主簿、鄧治中に示す」詩、「戊申歳六月中遇火」、「飲酒」二十首など多数の詩文を取り上げ、論旨も多岐にわたっている。基本的には虚構の方法で表現されている「自祭文」を伝記と同次元で扱うことに、発想の再検討が必要ではないかという感想をも覚えるが、以上のすべてをカバーすることは紙数の点から不可能である。中心部分である第二章を跡づけることによって、他は省略に従っておく。

鄧安生氏は「陶淵明年歳の検討」の書き出しにおいて、陶淵明の享年問題は「淵明の研究中、最も複雑かつ困難な問題である」と述べている。また袁行沛氏も「享年問題は陶淵明に関する一大懸案で、異論が紛糾し、初めから今に至るまで、久しきにわたって決着がついていない」と、「考弁」の冒頭部で同様な感想を表明している。対象は二十世紀の初頭二十年から三十年代にかけて、梁啓超、古直、朱自清をはじめとする時代を代表する碩学諸氏が激論をたたかわせ、なお結論のいとぐちも定かではなかった課題である。その難問に半世紀を隔てて挑戦した両氏の情熱と、研究の過程で数々の新知見が明らかにされたことに、我々はむしろ深い敬意を呈すべきであろう。

朱自清は「年譜中之問題」七で、「斜川」詩について「既有異文、即難取証＝異文が存在する以上、確証を得ることは困難だ」と述べている。朱氏の指摘のように、「遊斜川詩」に焦点をあてた論議は、これからも長期にわたり一致を見ないかも知れない。一方日本の学界は享年三十六歳の通説変更にはむしろ消極的であり、名前も寿命も具体的な情報は何一つ伝えない「五柳先生伝」の主人公のような生き方こそ、陶淵明その人の叛骨と自由を愛する精神にふさわしいといった見方がこれからも継続してゆくと思われる。しかし執拗なまでに、伝記の微細な部分にこだわる中国の研究者の息の長い営みは、彼の作品のみならず、人物そのものへの民族的な深い親近と敬愛の情感を象徴していることを理解しておく必要があろう。

【注】

（1）袁行沛『陶淵明研究』北京大学出版社、跋の末尾（四一三頁）一九九七には次の論文の初載文献が収載されている。「宋元以来陶集校注本之考弁察」（『向〝海峡両岸古籍整理検討会〟提交論文一九九六）／同上「陶淵明享年考弁」（『文学遺産』一九九六・第一期、江蘇古籍出版社）／同上「陶淵明年譜彙考」（『中国典籍与文化論叢』第四輯、中華書局、一九九七）上の三篇および「陶淵明作品繋年一覧」。

（2）五章の表題は以下の通りである。一、「顔延之『陶徴士誄』与沈約『宋書・陶潜伝』」、二、「『游斜川』

及其異文」、三、「『顔誄』与『与子嚴等疏』所記淵明病情」、四、「『自祭文』与『示周続之・祖企・謝景夷三郎』」、五、「『怨詩楚調、示龐主簿、鄧治中』『戊申歳六月中遇火』及『飲酒』」

(3) 袁氏『陶淵明研究』二一五・六頁。袁氏自身の推計方式による、詳細は省略。

(4) 拙論「陶淵明の若き友人たち——その贈答詩の世界」第二章(『日本中国学会報』第四十六号、一九九四。および『宋書』巻四十、百官志・下、九品官人一覧、「諸府参軍、右第七品」。

(5) 宮崎市定『九品官人法の研究—科挙前史』第二篇、第二章魏晋の九品官人法一六、郷品と官吏生活、七、官僚ピラミッドの内部構造』全集第六巻、岩波書店、一九九六。

(6) 王弘は『宋書』巻四十二本伝、謝瞻は同書巻五十六本伝、庾登之は同書巻五十六本伝によりそれぞれ算出できる。

IV 陶淵明の家系

一 父系

陶淵明は江州、尋陽郡、柴桑県の中級以下の士族の家に生まれたと思われる。貧しさの中で、士人としての教養と志を積み重ねながら、その青少年期を生きていたことは、彼の詩文にしばしば詠じ語られているところである。

弱齢寄事外　委懐在琴書　弱齢より事外（世俗の外）に寄せ　懐ひを委ぬるは琴書に在り
被葛欣自得　屡空常晏如　葛《かつ》（あらぬの）を被《まと》ふも欣びて自得し（満足し）　屡《しば》しば空しきも常に晏

如たり
「始作鎮軍参軍、経曲阿作＝始めて鎮軍参軍と作《な》り、曲阿を経て作る」
（巻三、詩五言、十八句、はじめの四句）

少而窮苦　毎以家幣
東西游走

少《わか》くして窮苦　毎に家の幣せるを以て
東西に游走す
「与子儼等疏＝子の儼等に与ふる疏」（巻七、疏・祭文）

祖父と父については「命子」詩の六章に触れられるが、名はわからない。祖父は一郡の太守程度の謹厳実直な官僚であったらしい（『晋書』本伝だけには、「祖茂、武昌太守」と記されている）。父はさらに地位の低い役人であったと見られるが、身分の上下にこだわらず、喜怒の情をあらわに示すことはなく、淵明の乳歯が生え変わる頃すでに世を去ったもののようである（「祭従弟敬遠文」）。

曾祖父については、『宋書』「蕭伝」『晋書』『南史』の史伝のいずれもが、「曾祖侃は、晋の大司馬なり」と明記する。陶侃は西晋の滅亡から、東晋王朝の創建（三一六・七）への大動乱の時代、その軍事力によって、漢族政権の一応の安定をかちとった、文字度通り建国の元勲であった。

侃は字は士行（「士衡」にも作る〈六朝宋・劉義慶編『世説新語』言語四七、劉孝標注〉）（二五九〜三三四）、その伝は『晋書』巻六十六に載る。侃の父は丹、呉の揚武将軍であった。西晋が呉を平定した（二八〇）後、廬江《りょこう》郡の尋陽県に移住した。父は侃の幼児期に死去し、母湛《たん》氏の手一つで育てられた侃は、孤寒の境遇とたたかいながら、大志に燃えて努力した。

二十五歳の頃廬江郡の考廉に推されて洛陽に上った。呉人であったため手ひどい差別を受けたが動じなかった。武帝司馬炎が死亡し、暗愚といわれる恵帝司馬衷が即位すると、間もなく一族相食《は》む八王の乱、さらにこれまで漢族に屈従させられていた匈奴、氐《てい》、羌《きょう》などの遊牧民族が一斉に蜂起する永嘉の大乱が発生し、西晋帝国はもろくも滅亡した（三一六）。機を見るに敏な侃は動乱勃発以前に帰郷し、荊州を根拠地に強力な軍団を組織し勢力を固めていた。司馬氏の宗族でただ一人生き残った琅邪王睿が貴族王導などと建康（今の南京市）に東晋王朝を創設すると、侃は付かず離れずの態度をとりながら、杜弢《とうとう》、陳敏、王敦、蘇峻・祖約などの反乱を鎮滅し、不安定な東晋王朝の命脈を維持するうえで、絶大な功績をあげ、使持節、侍中、太尉、都督荊・江・雍・梁・交・広・益・寧・八州諸軍事（八州の軍事総司令官）荊・江二州刺史、長沙郡公の輝かしい肩書きを負うて、七十六歳の生涯を閉じた。

彼は平時荊州府にあるときには、終日正座して休む事なく事務処理に励み、部下に「大禹は聖者にしてなお寸陰を惜しんだ。我々凡人は分陰を惜しまねばならない。」と語り、博奕を楽しむものがいると、酒器や樗蒲《ちょぼ》（さいころの類）を江に捨てさせ鞭を加えて「博奕《ばくえき》など牧畜の番人の遊びに過ぎない。また老荘はうわべを飾るもので、先王の教えではなく、実行できるものではない」と戒めた。

侃には十七人の息子があった。『晋書』本伝に付記される者は次の九名である。

洪（早世）…瞻《せん》（蘇峻の乱で戦死）…夏（弟斌《ひん》を殺害、直後病死）…琦《き》…旗（性凶暴）…斌（三兄の

夏に殺される）…称（不倫、不忠、不孝の名目で明帝の義兄庾《ゆ》亮に棄市される）…範…岱《たい》、
残りの八名は「並びて顕れず」とされる。淵明の祖父（茂？）は世（中央政官界のことか）に顕れなかった一人であったのだろう。侃の嫡系は蘇峻の乱で戦死した瞻の子・弘（孫）…その子綽之（曽孫）…その子延寿（晋朝の滅亡後、呉昌侯に降格）で終わり、史書の文面からは姿を消す。

ところで、時代の頂点に立った陶侃と、その庶系である一介の隠士陶淵明との関係について問題となったことは、これまでに二度ある。一度は、史伝の記す「淵明が侃の曾孫」であるか否かについての清儒の議論、再度は侃、淵明は漢族でなく少数民族の渓族であったという、陳寅恪《ちんいんかく》の抗日戦末期の提議をめぐる論争である。

第一の問題は十八世紀に至って、清朝の考証学者の間でいくつかの疑義が提出され、一連の論争がおこなわれた。論戦に参加したのは、いずれも錚錚たる論客であった。

問題の第一歩は「贈長沙公　并序」巻一、詩四言の、特に序の読みにあった。序は陶澍以来次のように読まれてきた。「長沙公於余為族。祖同出大司馬。昭穆既遠、以為路人。経過尋陽、臨別贈此。＝長沙公（おそらく延寿）は余に於いて族（同族）たり。祖は同じく大司馬（陶侃）に出づ。昭穆既に遠く（歴代の当主を祀《まつ》るみたまやの並び数も何代をも経て）、以て路人（他人）と為る。尋陽を経過せられしとき、別れに臨みて此を贈る。」

淵明が侃の曾孫でないことを主張する次の①②の学者は、序の長沙公が嫡系の誰に相当するかをあき

らかにするため、冒頭部分の句読を「長沙公の余に於けるや　族祖たり。」と変更する。「族祖」は「族祖父」の略、祖父の従兄弟を意味する。（ここからあとの人物特定の議論は錯雑し、陶澍などからすれば無意味であるとされるので、結論と発言者をあげるにとどめる。）

①淵明は侃の七代後の子孫……全祖望「陶淵明世系考」（『結埼亭集《きっき》』外篇、巻四十）び王昶《おうちょう》「書陶淵明伝後」（『春融堂集』四十三）

②淵明は侃の六代後の子孫……姚瑩《ようえい》「与方植之論陶淵明為桓公後＝方植之と陶淵明は桓公の後為《のちた》るかを論ず」（『東溟文後集』一）

③句読は旧来のまま、ただ大司馬は右司馬の誤りで、前漢の高祖の寵臣愍公陶舎を指す。その意味では淵明と侃は直接の血縁関係はない。……閻詠《えんえい》「左汾近稿」（閻若璩の『潜丘劄記《とうき》』の末尾に付載）及び洪亮吉「後蕭陶氏・重修族譜」（『更生斎文甲集』巻三）

以上の③を中心とする曽祖（曾孫）否定説に正面から反論を加えたのが銭大昕《きん》（一七二八～一八〇四）の「跋陶淵明詩集」（『潜研堂文集』巻三十一）である。銭氏の主張の中心は三つあげることができる。第一は「命子」詩において、第一章から四章までの陶氏の祖先の伝説と打って変わって、祖父と父の生き方に触れるのに先立ち、四章末から五章八句にかけ、侃の功績を具体的に、最大級の形容で賛美するのは、紛れもなく曾祖父として偶していることのあらわれである。第二は「贈長沙公」詩序の「大司馬」が実は「右司馬」であるとする閻詠の説につき、漢初の軍営において、左右司馬は掃除がかりの中涓《けん》舎人と同等の最下層の職階であったという官僚制度への無知を暴露しているという指摘である。第三は「贈長沙公」詩序の「昭穆既に遠く、以て路人と為る」において、ここでの長沙公と淵明とは、喪服の制の「小功（曾祖父を同じくする同姓の親族、服喪の期間は五ヶ月）」という近しい関係であるのに、「昭穆既に遠く、以て路人と為る」というよそよそしさを強調する表現が用いられている。これは侃の息子たちが、それぞれ性凶暴で、兄弟の間で遺産をめぐって激しく争い合い、次の世代ではあかの他人に等しい関係になってしまったことを嘆く気持をこめたもので、実際の状態を表現したものではないという解釈を表明している。

銭氏の意見はこの論争にひとつの終止符をうつもので、陶澍、梁啓超、古直などの賛同を受け、今日なお定説の位置を占めている。

第二の問題は今もなお是非が別れているので、概要の輪郭を左のようにまとめておきたい。

魏晋六朝時代、長江中下流域南岸（江東）に広く分布していた各少数民族の一つに渓族があった。陶侃（および陶淵明）が渓族の出身であるという見解をはじめて提出したのは、歴史学者として有名な陳《ちん》寅恪《いんかく》であった（「魏〈北魏〉書・司馬叡伝・江東民族条釈証＝魏書・司馬叡〈東晋の元帝〉伝、江東民族の条の釈証及び推論」上、釈証、渓族」・『歴史語言研所集刊』第十一冊、一九四三）。陳氏の論は多岐にわたるが、内容は三つに集約できよう。一つは侃の一家が移住した廬江郡は本来渓族の雑居する地域であり、渓谷が入り組み漁業に適し、侃自身若いころ簗《やな》番を仕事にしていた（『世説新語』賢媛）。その二は侃の出身が呉の寒士であるため、孝廉として上洛した後も、西晋の名族たちから徹底したさげずみを受けた（『晋書』陶侃伝）。更に東晋王朝になってからも、北来の貴族の庾亮などは侃を「渓狗《けいこう》」と陰口で呼び捨てにしていた（『世説』容止）。第三には侃の息子たちは、互いに殺しあうなど凶暴さをもって聞こえたが、それも剽悍で戦闘に長じた渓族の特徴を示すものといえる（『晋書』陶侃伝）

右の陳寅洛説に対して、古直から反論が出されている（「陶侃及陶淵明是漢族還是渓族呢?……与陳寅恪教授商権所謂江左名人如陶侃及淵明亦出于渓族的結論＝陶侃と陶淵明は漢族か渓族か……江左の名士たる陶侃と淵明も渓俗出身であるの結論につき陳寅恪教授にただす」（『光明日報』一九五七・七月十四日号）。

陳氏の主張に対する古氏の批判は、①陳氏は侃が時の名族たちから軽蔑された事例を、『晋書』の本伝から引用するが、貴族のさげすみは、張華との場合に見られるように、侃の才知に長けた行動によって、賛嘆に転化していることに全く触れないのは、引用としての客観性に欠けるものだ。②侃の郷里廬江は渓族の雑居地域だからといって、彼を渓族とするのは短絡的である。彼の父が呉の揚武将軍であった点からすれば、むしろ漢族と見るのが妥当でないか。③「渓狗」という語は他に用例がないが、北方出身の貴族が呉人に対して用いる一般的な蔑称であった可能性が強い。④息子たちの凶暴さとか家風の問題は単なる臆説に過ぎない。

古直の批判には、公開論争をいどむ構えが認められるが、陳氏からの応答はなく、論戦を交えぬまま両氏ともに世を去り、陳氏の説がいまなお広く受けいれられているのが実際である。その理由としては陶侃伝の論賛に「士行は望世族に非ず、俗・諸華と異る」と記されていることと、曾孫である淵明の「桃花源記　并詩」が、従来の少数民族の生活習慣と深いつながりを伺わせる点を有しているためであると考えられる。

【注】

(1) 孝簾は、秀才とともに後漢時代に定着した中央政府の官僚選出制の候補者。郡を中心とする地方の中正(試験官)が、管内の学問に従事する青年の中から学業(儒学)と徳行のすぐれた者若干を中央の司徒府に推挙する。中央では提出された報告書を再審議して、適当な官職に就任させた。特に魏の曹丕が、「禅譲」によって後漢の政権を奪い、帝位(文帝)についたとき、重臣陳群によって提案された「九品官人法」では、中央政府の全官僚を九つの段階(九品)に分け(官品)、地方では本人(特に家柄)の将来性を見込んで、地方なりのスタート・ランク(郷品)をつけて提出する仕組みになっており、南北朝の貴族制度を支える重要な支柱の役割を果たした(詳細は第Ⅲ章五節、注(5)本書114頁、宮崎市定『九品官人法の研究』第一篇五節「九品官人法の貴族化」を参照)。

二　母系

淵明の父親は彼の物心がつく頃他界したが、母は淵明が荊州刺史桓玄の下僚となった三十六、七歳まで長命した（「祭程氏妹文」）。母の死後淵明はその供養のため、母の父、彼にとって外祖父孟嘉の伝記「晋故征西大将軍長史孟府君伝＝晋の故征西大将軍の長史（三公、各将軍府の幕僚長）孟府君（「府君」は子孫の祖先の対する敬称）伝」をものした。

孟嘉は字が万年、曾祖父の宗は孝行の徳で世に称えられ、呉の司空（国政の責務を担う三公の一つ）についた。病の母のため、冬に筍を探した逸話は孟宗竹の名で後世に伝えられる。（『三国志』呉書、孫皓伝、裴松之注。元・郭居敬『二十四孝』）。孟嘉は南人の長所とする儒学の知識だけでなく老荘の教養をも身につけ、端正温雅、才知に富みながら、寡黙で音楽と酒を愛した点で、建康の北来貴族に対しても遜色なかった。大司馬、陶侃の第十女を妻とし、その四女が淵明の母、南方新旧の名族同士の結合には、それなりの意味がこめられていたのであろう。なお「従弟敬遠を祭る文」には前述したように、淵明の母と、父方のいとこ敬遠の母も姉妹の間柄であったことが記されている。

孟嘉の官歴は、王導とならぶ東晋王朝の建設者であった征西将軍・江州刺史の庾亮の属僚として起家し、亮の死後その弟の安西将軍・翼の功曹を経て、当時最大の軍閥征西将軍兼荊州刺史・桓温（三一二〜三七三）の参軍、やがて長史（幕僚長）に抜擢された。桓温は李姓の独立国であった蜀の征服、再度にわたる前趙、前秦への北伐など、軍事面で大活躍をしたが、晩年には太尉から大司馬に進み、廃帝司馬奕を廃し、簡文帝昱《いく》を擁立するなど、権力簒奪の意志をあらわにしたが、目的を果たさぬまま病死した。桓温が征西大将軍であったのは、三四八（穆帝の永和四年）から三五八（同八年）までの四年間であるが、孟嘉はそのはじめの時期に長史をつとめ、病により帰家し、五十歳余りで死去したと見ら

れる。(1)

「孟府君の伝」は、官僚としては職階のみを記し、実務的な事にはいっさい触れようとせず、超俗で家族思いの高士孟嘉の人間性を生き生きと再現しようとしている。陶氏の家系で、淵明に最も大きな影響を与えたのは孟嘉にほかならないことが実感されよう。

【注】

(1) 孟嘉については第I章三節の『中国文学大事典』において、伝記に即した解説がおこなわれている。

V 陶淵明の故居

一 生まれ故郷の風景

陶淵明が世を去ってから二世紀にわたる南朝の文壇では、西晋太康期の格調のある詩文を重んじた『文選』と、軽艶に傾く『玉台新詠』にそれぞれ象徴される、異なった傾向の修辞主義の文学が錯綜し、淵明の詩文は田舎隠士の風変わりの作品といった日陰もの扱いを受けたままで過ぎた。

しかしさらに三百年の時が流れると、中唐期の白居易（七七二～八四六）が、江州の司馬（節度使の属僚）に左遷された際、十八聯にもおよぶ五言古詩「陶公の旧宅を訪《おとな》ふ」を捧げるような状況の変化が生じていた。

我生君之後　相去五百年　我は君の後に生まれ　相去ること五百年
毎読五柳伝　目想心拳拳　五柳の伝を読む毎に　目に想ひ　心は拳拳たり（敬慕の念を抱き続けてきた）

昔嘗詠遺風　著為十六篇　昔嘗て遺風を詠じ　著して十六篇と為しぬ
今来訪故宅　森若君在前　今来りて故宅を訪《おとな》ふに　森《おごそ》かに君前に在《いま》すが若し
不慕樽有酒　不慕琴無絃　樽に酒有るを慕はず　琴に絃無きを慕はず
慕君遺栄利　老死此丘園　慕ふは君が栄利を遺《わす》れて　此の丘園に老死せしこと

陶淵明というと、その作品への愛着とともに、淵明その人への敬慕がおのずと湧きあがってくる感性は、すでに千二百年以前の白氏の当時から培われてきたものであることが理解できよう。白居易の訪ねた場所が、実際の地であるか否かは別として、懐かしさの原点としての淵明の生まれ在所のたたずまいを、彼自身の作品から彷彿することは可能である。ここでは二つの例をあげてみたい。

方宅十余畝　草屋八九間　方宅十余畝《ほ》　草屋《そうおく》八九間
楡柳蔭後簷　桃李羅堂前　楡柳後簷《こうえん》を蔭《おほ》ひ　桃李堂前に羅《つら》なる
曖曖遠人村　依依墟里煙　曖曖たり遠人の村　依依たり墟里の煙

（巻二、詩五言「帰園田居＝園田の居に帰る」四首中其一、二十句の後半から）

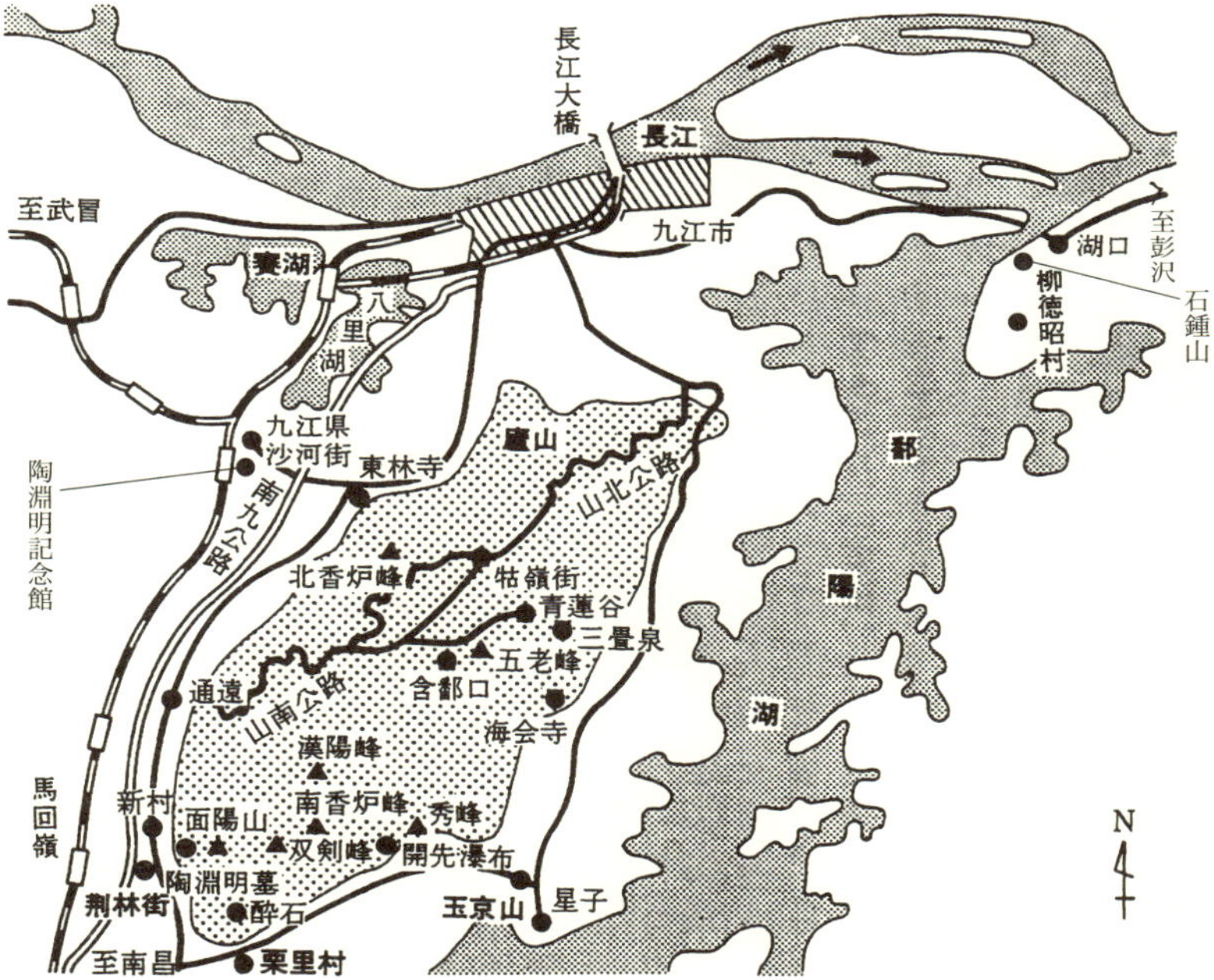

渡部英喜氏（盛岡大学教授）「陶淵明故里についての一考察」
（『盛岡大学紀要』第17号、1998年３月）

草廬寄窮巷　甘以辞華軒　草廬を窮巷に寄せ　以て華軒（高級官吏の乗用車＝そのような身分に任用されること）を辞するに甘んず
正夏長風急　林室頓焼燔　正夏長風急に　林室頓《たちま》ち焼燔す
一宅無遺宇　舫舟蔭門前　一宅遺《のこ》れる宇《いへ》無く　舫舟（小船）にて門前に蔭《やど》る
（巻三、詩五言「戊申歳六月中遇火＝戊申《つちのえさる》の歳六月中火に遇ふ」二十四句）

淵明の宅地の広さは、当世日本流に換算すれば、約一五〇〇坪、家の間数は九つほど、屋敷内には、見事な樹木の類がこんもりと茂っていた。一般の農家とは格式の違う士人の邸宅である。周囲には視界の開けた農村の風景が眺められ、また家のかたわらには、家族の者たちを乗せた船が行き来できる水路のあったことが、帰宅三年目で火災に見舞われた際の詩から伺われる。

現在の九江市周辺の地理的状況は、北側は長江の巨大な流れが横たわり、東は洞庭に勝る水量を湛えた鄱陽湖が広がり、南は大江と鄱陽湖の接する石鍾山の対岸から約三〇キロにわたり、西南端近い首峰漢陽峰（一、四七四メートル）をめざし、五老峰、香爐峰など幅約一六キロの廬山のやまなみが盛り上がり、西北方面にのみ大小の湖沼の散在する平原が広がる変化に富んだ地域である。

古来「九江」という地名が象徴するこの地域の中心となったのは、源を瑞昌県の清湓山に発し、西から緩やかな角度で北上してくる湓江（今の竜開河）であった。その流れが、現在の九江市のま西で、賽湖を遊水池として長江と合体する接点に位置する柴桑県城は、舟溜りとしては格好の役割を果たして来た（『晋書』巻十五地理志下の荊州、武昌郡の県）。周辺の城のうち、柴桑には特に「湓江関有り」と注記される。『宋書』本伝を始めとする各史伝に、淵明については「尋陽（郡）柴桑《さいそう》（県）の人なり」と、その出身地が紹介されるのは、彼の生家が、柴桑県城から程遠くない、低湿な平原にあったことを物語っている。

二　江州、尋陽郡、柴桑県と陶淵明

陶淵明の生きた東晋時代には、漢代に確立した郡（国）～県～里の地方行政組織が、三国から西晋にかけての時代の変動の結果として大きく形を変えはじめていた。具体的には前漢武帝期に地方官僚の監督のために設けられた刺史に、強力な軍事力を持つ将軍職を兼務させることによって、郡県を統括する州が、地方政治の中枢の役割を果たすようになった。

九江地域でも、西晋・恵帝のとき、桂陽、武昌、安成の三郡が分割統合されて江州が設立された（『晋書』巻一五、地理志下、荊州）。また時をほぼ同じくする三〇四（恵帝・永興元年）、盧江郡の尋陽、柴桑二県を分割統合した尋陽郡が江州に編入された。鄧安生氏の指摘によれば[1]、時代が下り、四一二（東晋・安帝・義熙《ぎき》八年）尋陽県は廃止されて柴桑県の一部となり、尋陽郡の治（郡県の統治官庁）はそのまま柴桑県城に置かれることとなった（『晋書』地理志下、揚州）。陶淵明の晩年には、江州の州鎮、尋陽郡、柴桑県の治が併せ置かれた柴桑県は、湓江関の出船入り船の賑わいと併せて、長江中流随一の政治、経済の中心都市として、繁華を誇っていた様子が想像される。

鄧氏はまた別に北宋の陳舜兪『廬山記』総序山水第一の次の部分を取りあげる。「江州は本《もと》大江の北、尋水の陽《きた》(2)に在り、因りて尋陽と名づく(中略)咸和九年(三三四)刺史温嶠始めて江北より湓城の南に移る。義熙元年(四〇五)刺史郭昶《かくちょう》江夏(今の武昌市の東五〇キロほどの城邑)に移居す。(中略)(義熙)八年、孟懐玉尋陽に還る。(中略)太清《たいせい》二年(梁・武帝五四八)蕭大心 侯景の乱に因り、険に依りて固く守らんと欲し、乃ち湓口城に移り、仍《な》ほ懐玉の故城を号して故州と呼ぶ。」これは柴桑が行政機関の集中点であるばかりでなく、軍事上でも長江中流きっての重要な都市であったことを示す資料といえよう。後に述べるように(第Ⅶ章一節)、火事に焼け出された陶淵明が、みずから望んで転居した「南村」は、この尋陽郡柴桑県城の南郊にほかならなかった。

【注】

(1) 鄧安生「九江柴桑弁証」(『陶淵明新探』所載「陶淵明里居弁証」第五節、文津出版社・一九九五)

(2) 中国では河川の南岸を陰、北岸を陽と呼び慣わしてきた。

三 考古学領域からの尋陽、柴桑城址の確認

本章第二節で尋陽郡が設けられたのは、西晋の三〇四(永興元年)と記した。尋陽郡の配下の県は、尋陽、柴桑、彭沢、松滋の四県であったが、東晋の四一二(義熙八)年、尋陽県が廃止のうえ、柴桑県に編入され、尋陽の郡治は柴桑におかれた。県に対して上位の郡が重視されるのは当然で、柴桑は梁に

は既に廃され、郡県にかかわりなく尋陽の名のみが残り、六九四（唐の高祖・武徳四年）以降は郡治名も近くを流れる潯水の北岸に位置したことにちなんで潯陽郡と改められた。ここに紹介する李科友・劉暁祥両氏の「江西九江県で発見された六朝尋陽城址」（『考古』一九八七第七期）の「尋陽」の地名も右のような意味を含むものと理解する。

一九八五年二月、賽城湖（別名七里湖）の水面が低落した時期を選び、江西省文物工作隊、九江県博物館より、尋陽城址の分布範囲と水面に露出した遺跡、遺物についての共同調査がおこなわれた。

尋陽城遺跡は賽城湖水産場とほぼ重なる範囲に広がっていた。面積約三平方キロ、湖水北端と長江との水門までの距離は六〇〇メートルほどであった。遺跡の主なものは、陶器製作工房、焼成窯、磚窯《せんよう》、宮殿もしくは邸宅遺跡、葬墓などであった。特に湖水の西辺の玉兎山、鶴問塞一帯には多数の葬墓が存在していたが、其の多くは

瓦当（円筒または半円筒形状の筒瓦《つつがわら》）紋飾拓本
（尋陽城の官庁跡）水底から発見された筒瓦頭部の模様の拓本

磚室墓であり磚には網目紋や対角線紋などの外、大興四年（東晋・元帝の最終年号、三二一）、咸和元年（成帝、三二六）といった年号の刻文のあるものも見られた。採集された遺物は陶製の紡錘、網の錘《おも》り、石の搗《つ》き臼、磨《ひ》き臼などの生産用具、缸《こう》（大きな素焼きのかめ）、瓶、壺、碗、杯、硯などの生活用器具が存在していた。尋陽の名によって代表されるこの城市は、東晋、劉宋、南斉、梁、陳にわたり、首都建康と西北の要地荊州との中継地点として、政治、軍事上、極めて重要な役割を果たし続けた。ただ度重なる水害には、常に苦しまなければならず、清代の『徳化県志』には、「隋の文帝・開皇九年（五八九）、（中略）水害により、県城の移動を余儀なくさせられた。それが今（清代）の県治である」と記録されている。今回の調査で輪郭を表した城址の位置は、『県志』の記載と符合するものである。旧尋陽城は隋代の洪水で現九江市の区域に移動したあと、ほとんどは水没して湖水となり、旧城の城壁もまだ発見されず、全容はとらえられていない。

以上の李・劉両氏の調査報告以後、考古学上どのような研究成果があがっているかは、つまびらかではない。だがこの調査によって、今の九江市の西によこたわる八里湖、七里湖（賽城湖）一帯は、東晋末の義熙年間には、長江や湓江の水害の危険度が比較的少なく、城市建設に必要なある程度の平地が確保でき、そこが盧山山麓の長江側平原の西北端をなしていたことを想定できる。

四　盧山南麓の故居説に対する批判——その一、楚城説批判

以上、柴桑県城を一つのキーポイントとして、陶淵明の生家および退隠後の本拠地が長江と盧山の間

の平原地帯にあったという、鄧安生氏のいわゆる北麓説を踏まえて、問題を追ってきたが、一方盧山の南麓の、起状の多い山間地帯にも、彼の故居があったと伝えられる場所がいくつか存在する。それらは北宋の頃からの、口碑などに基づくものであることが、やはり鄧氏によって指摘されている。その中、日本でも紹介されている主なものを取り上げてみる。「楚城説弁偽」(「陶淵明里居弁証」……『文史』第二輯、一九八三。『陶淵明新探』台北文津出版社・一九九五)

淵明の故居が盧山南麓の楚城郷柴桑山であることを最初に記した文献は、北宋の楽史《がくし》等による『太平寰宇記』の次の文である。

「楚城駅は県(徳化県城)の南に在り、即ち旧の柴桑県なり。(中略)陶公の旧宅は、州の西南五十里の柴桑山に在り。『晋史』に陶潜は柴桑に家すと。唐の白居易に『陶公旧宅を訪ぬる詩』有り。(中略)柴桑山は栗里原に在り、陶潜は此の中の人なり。」

氏は宋代の楚城駅は現代の九江盧山の西南にあったとする。『旧唐書』巻四十、江州によれば、六二二(高祖・武徳五年)、湓城県から楚城県を分離新設したが、それは六三四(太宗・貞観八年)に廃止されて潯陽県に編入された。駅は楚城県の治が置かれた中心街をいったものであろう(「楚城」の名が文献に認められるのは、右の二書のみである)。

これに対し本章二節で触れたような私見を加えるならば、諸史伝に陶淵明(潜)は「尋陽柴桑の人」と記される柴桑県は長江の南岸にあり、湓江が長江に流れ込む湓江関の東に隣接し、前漢から三国、南斉まで一貫して県であり、西晋末に尋陽の郡治が置かれるようになった。以後梁には汝南県が併せて立てられ、隋が陳を滅ぼした際、柴桑・汝南両県が廃され、ふたたび尋陽郡が立てられた（『隋書』巻三十一地理志下、九江郡）。以上により楚城郷柴桑山が淵明の旧居でないことは言うを待たないところである。

次に鄧安生氏の指摘する点として柴桑山は江州（九江）から五十里と記されるが、『輿地紀勝』『江州通志』その他の地方志には九十里とあり、それが現代の実測とも一致する。また第三には、『寰宇記』は『晋史』に「柴桑に家す」というが、『晋書』は住居については一言も触れるところがない。これら一連の例によって鄧氏は『寰宇記』が実際の伴わぬ憶測のうえの記述だと断定を下す。

しかし『寰宇記』は、当時地理書として類がなく、その権威により、この部分も後人にそのまま信奉されることとなった。例えば『寰宇記』から約二百年後の南宋・王象之の『輿地紀勝』巻三十に「『寰宇記』に云ふ、柴桑山は徳化県に在り。栗里原に近し。陶潜は此の中の人なりと。（中略）陶潜の宅は柴桑里に在り。今即ち其の故居は靖節先生祠堂たり。」あるいは明の桑喬の『廬山紀事』巻十二に、「鹿子坂は楚城郷の桃花尖山の西に在り。靖節の墓を去ること三、四里。其の地に淵明の故居有り」と記される類である。『廬山紀事』によれば、この地には古く祠堂が祭られ、傍らに洗墨池という池があったが、元の時代兵火によって失われ、水田となっていた。嘉靖十年（一五三一）頃出水のため、田中から碑の破片が現れ、それには正徳六年（一五一一）江南提学の李夢陽《りぼうよう》が祠堂を再建したいわれが記されていたという。『寰宇記』をもとに楚城郷の鹿子坂《ろくしはん》が淵明の旧居とされ、その周辺に祠堂や墓が建設されていったことが以上から推察される。

『太平寰宇記』の憶説から一人歩きはじめた楚城説は、現代ではこの地にしっかり根を下ろしている。その「現状」を一九九〇年十一月と九一年八月の再度の実地調査をこころみた井上一之氏（当時早稲田大学院生、現中央学院大学教授）の報告（同氏「陶淵明研究の現状と問題点――陶淵明故里（江西省九江）調査報告――」）（『中国詩文論叢』第十集、一九九二）に基づき紹介する。

（二）面陽山靖節先生墓

墓のある面陽山一帯は、いつからか中国海軍の用地となって

陶淵明の墓（江西省　九江県面陽山）
墓扉の文字は「晋徴士陶公靖節先生之墓」と読める。
唐満先（南昌大学教授）『唐淵明集浅注』江西省新華書店、1985、口絵より

いて、中国の研究者でさえも容易に立ち入ることができない。日本人で墓をたずねられたのは井上氏の後には渡部英喜氏（盛岡大学教授）（「陶淵明故理を訪ねて」―『新しい漢文教育』第二十号、一九九五）があるだけだと思われる。ただ古く大正初年諸橋轍次先生が、面陽山に分け入って墓を探し当てられた懐旧談が、『漢文教室』一五号、一九五〇に記されている（吉川幸次郎氏の『陶淵明伝』全集第七巻三三一頁・一九六八に引用）。

面陽山は九江市から三六キロ、九江県（九江市の郊区）と星子県の境に位置し、楚城郷柴桑山鹿子坂（今の馬回嶺馬頭村荊林街）は、すぐ近くである。

墳墓および墓碑の周囲は、広く石の牆壁で囲まれ、レンガ造りの階段が、その牆壁を貫いて墓まで続く。墳墓は縦七・九m、横四・一m、高さ一・六m、南面する。墓碑は三枚の碑面からなり、中央の碑の高さは、一・三m、幅〇・九m。正面に「晋徴士陶公靖節先生之墓」と刻され、上部の石に「清風高節」の四字が題刻されている。向かって左に「帰去来兮辞」、右に墓志が刻まれている。

墓の両側の小さな石碑は、高さ一m、幅〇・四六m。向かって右の小碑には、「五柳先生伝」と朱熹などの賛詩三首が刻まれ、左のものは、陶氏後裔の住所と墓碑建設に加わった者の名前が列記され、最後に「皇清乾隆元年（一七三六）丙辰仲秋　四十七代玄孫自善」で結ばれている。

（二）陶淵明紀念館

紀年館の前身は陶淵明祠である。元来面陽山の靖節先生墓の左前一〇〇mにあったもので、明の嘉靖年間（一五二二～一五六六）に立てられたという（張人鑫「面陽山陶靖節先生墓・祠初考」による、井上氏所引）面積二五〇平方メートル。一九五九年、省級文物保護単位に指定、一九八二年、九江県沙河街に移築開始、一九八五年開館した。

五　廬山南麓説への批判――その二、〈栗里説弁偽〉

現在江西省廬山南麓の星子県西方三十里（一里は現在中国の単位でほぼ五〇〇メートル）の地点にいわゆる陶村があり、村のほとんどは陶姓の家で占められている。村の北の廬山の麓には、陶淵明の遺跡と伝えられる濯纓《たくえい》池《ち》と酔石がある。廬山南麓の栗里が陶公の住所とされた原因は、やはり「楚城説弁偽」に引用した『太平寰宇記』後半部の次の文に基づいている。

「柴桑山は栗里原に近し。陶潜は此の中の人なり。」「栗里原は廬山の南に在り。」「澗《たに》に当りて陶公の酔石有り。」

この栗里原が淵明の旧居であることを鼓吹したのは、南宋の大儒朱熹（一一三〇～一二〇〇）である。朱熹は五十歳から五十二歳までの足掛け三年間、廬山の東北麓、鄱陽湖の北端を囲む南康軍（六朝の郡に相当）（西岸の星子、建昌＝今の永修、および都昌の三監を管轄）の知事を勤めた。その間の淵明の顕彰活動を、彼は「顔魯公（顔真卿）の栗里の詩に跋す」において以下のように述べている。

「栗里は今の南康軍治の西北五十里に在り。谷中に巨石有り、相伝ふるに是れ陶公の酔眠せし処なりと。予嘗て遊びて之れを悲しみ、為に帰去来館を其の側に作り、歳時（年間適当な時期）に相間（都合のつく者）に勧めて一たびは焉《ここ》に至る。林泉を俯仰し、酒を挙げて客に属《しょく》し（すすめ）蓋し未だ嘗て詩を賦せざることあらず。地の主人・従事陳公は正臣（実直な官吏）にして之を聞き、中（心中）に慨然（深く感じる）たる者有るが若《ごと》く、大書して石上に刻せんことを請ふ。予既に郡を去るも、請ふこと益ます堅し。乃ち書して之に遣《つか》ばず。」（『晦庵先生朱文公文集　第八十一・跋』四部叢刊）

近世最大の学者である朱熹の「栗里故居」「淵明酔石」の顕彰は、明の王禕の『経行記』、桑喬の『廬山紀事』等に大きな影響を与えずにはおかなかった。朱熹も王禕も伝聞として記しており、俗説の可能性が大きく、一方『宋書』に記載される栗里は、本来は廬山北麓にあってしかるべきものなのに、酔石と結合した栗里陶村がクローズアップされるに従い、いつか消失してしまった。

『寰宇記』および朱熹の役割は決定的であったといわなければならない。

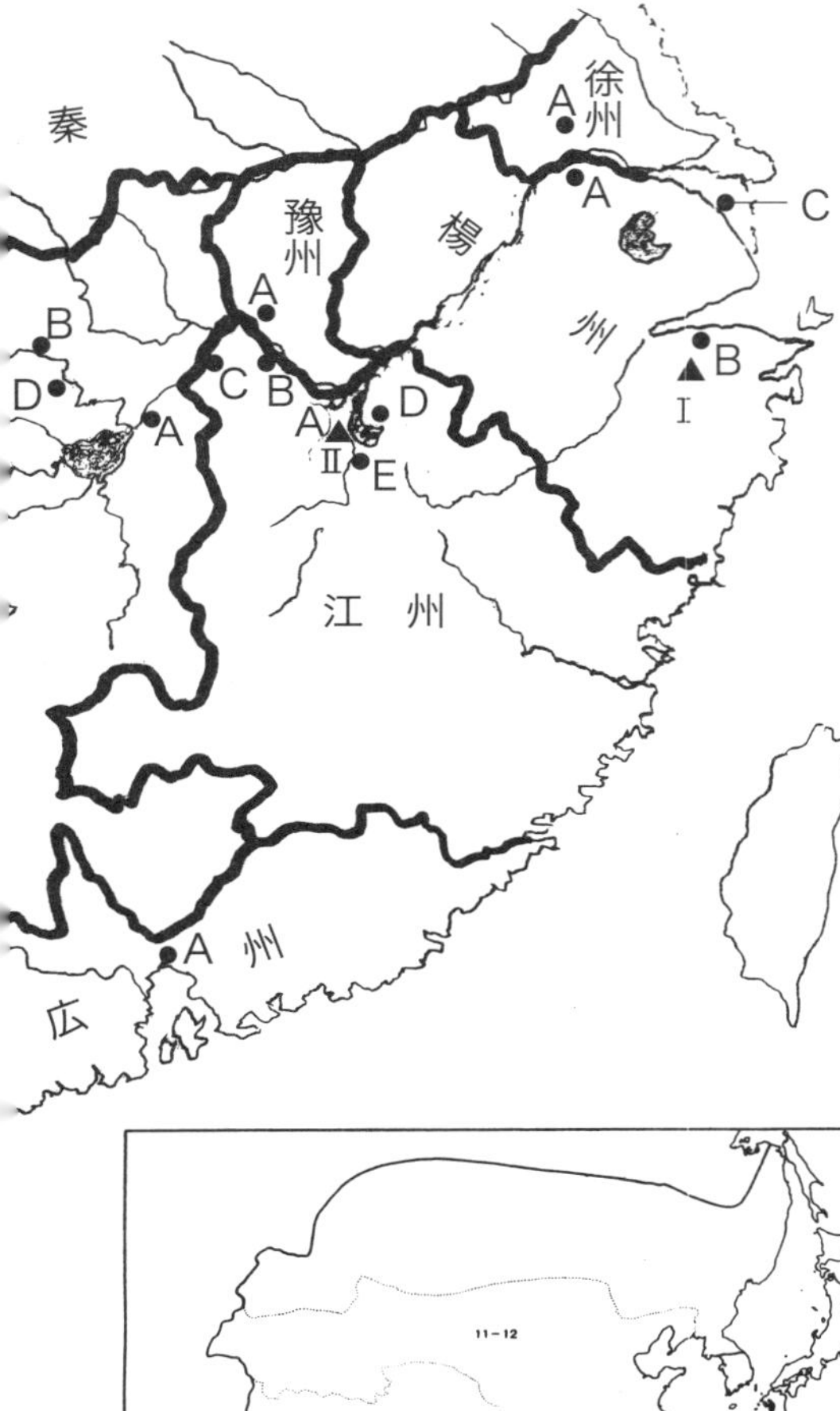

[徐州]
A徐州
[楊州]
A建康（南京）
B会稽
C（上海）当時海中
[豫州]
A西陽
[江州]
A尋陽（九江）
B武昌
C汝南
D彭沢
E豫象（南冒）
[荊州]
A巴陵
B荊州
C益州
D江陵
[広州]
A広州
[寧州]
A寧州
▲ I 会稽山
▲ II 廬山
（　）は現在の都市名

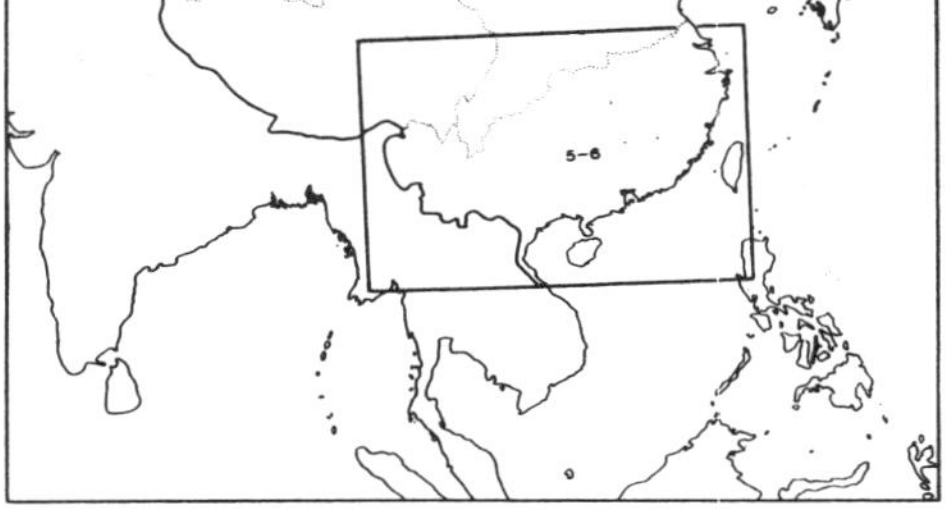

東晋王朝各州と主な都市

VI 青壮年期まで（帰隠以前）の陶淵明

一 青年期まで

若い時代の淵明について、『宋書』を始めとする各史伝が、彼の風貌と、「五柳先生伝」の執筆とを、「潜　少《わか》くして高趣有り、嘗て五柳先生伝を著し　自ら況《たと》へて曰く、云々」と、一文になるような息遣いでまとめている点は、まず注目されよう。そこには自分はかくありたいという青年らしい意気込みの口調が感じられる。当時すでにこの文は周囲の多くの人々に読まれていたはずであり、そう生きようとする彼の姿と、「伝」の内容とが近似していたことによって、「時人　之を実録と謂ふ」といった評価が伝えられたのであろう。

一方彼の作品によるならば、最初の重要な体験は、乳歯の抜け替わる頃に父が他界したことである（「祭従弟敬遠文」）。大司馬長沙公の曾孫といっても、庶系の身で父が早く死去した場合、士人としてはいわゆる「孤寒」の境遇に置かれたことになる。「若年家の乏しきに逢ひ」（「有会而作＝会《さと》ること有りて作る」）「少くして貧苦なりき」（「子の儼等に与ふ疏」）「自余為人、逢運之貧＝余れ人と為《な》りしより、運の貧しきに逢ふ」（「自祭文」）など、「貧」の意識は常に彼につきまとっていた。だが零落したとはいっても、家庭には淵明が将来を託すに足るだけの教養学識を積む余裕はのこされていた。

いうまでもないが、東晋時代の学問は、階層を異にする士族に応じて二つの領域に別れていた。主流は永嘉大乱で中原から逃亡してきた高級貴族層の担う道家思想であった。干宝（?～三三六）「晋紀総論」はそれについて「学者は荘、老を以て宗と為し、六経《りくけい》（儒学の古典）を黜《しりぞ》け、談者（清談に熱中する者）は虚薄（軽薄な論議・玄談といった）を以て弁を為して名検（孔孟の教え）を賤しむ」（『文選』巻四十八）と記している。

これに対して西晋に征服された孫呉の南人は、被差別的な立場に置かれ、言語、教養、礼儀作法などの相違もあり、洗練された言語遊戯をたたかわす玄談のサロンには入って行けず、気骨に富んだ陶侃などは老荘を浮華の学だと公言してはばからなかった。だが、大勢は伝統的な儒学を専攻し、范寧の『春秋穀梁伝集解《しっかい》』のような高い業績をあげる例もあった。

その作品の典故として『荘子』が最多数を占めているように（朱自清「陶詩的深度――評古直『陶靖節詩箋定本』（層冰堂五種之三）」――『清華学報』第十一巻二期・一九三六）、知識欲に燃える淵明が時代の主流である老、荘思想に無関心でいられるはずはなかった。しかし生粋の南人である彼の主要な対象が儒学に向けられていたのは、「飲酒」詩其十六で

少年罕人事　游好在六経　少年より人のよの事に罕《まれ》に　遊《たの》しみ好むことは六経《りくけい》に在り

とうたうことからも確認される。「子に命く」「「子の儼等に与ふる疏」の終末部で、儒学のモラルがはっきりと強調されているのも、青年期を起点に、生涯を通して、彼の生き方の根底に儒家思想が深く根をおろしていたことを物語っているといえよう。

なお一人の若者としての陶淵明を見た時、前掲「飲酒」其十六や「帰園田居」其一の

少無適俗韻　性本愛丘山　少きより俗に適《かな》ふの韻《しら》べ無く　性本丘山を愛す

のような自然や琴書を愛し、俗に迎合せぬ内向的な側面と同時に「擬古」九首其八の

少時壮且厲　撫剣独行游　少時壮んにして且つ厲《はげ》しく　剣を撫して独り行遊せり
誰言行遊近　張掖至幽州　誰か言ふ行遊近しと　張掖《ちょうえき》（古代中国の最北西端）より幽州（中国の北東端）に至ると

でのべられる、困難に体当りし克服してゆこうとする、強靭な意志と情熱の持ち主である側面とが、互いに拮抗しあう複雑な人間像の浮かびあがってくることが実感される。

魯迅が朱光潜との論争において、「自分の目である程度の量の作品を読み通して見れば、過去の偉大な作家で、すべてが「静穆」であった人など一人としていないことがわかるはずだ。陶潜はまさにすべてが「静穆」ではなかったからこそ偉大なのである。」（「題未定草」七）（『且介亭雑文　二集』一九三五）と指摘した複雑さは、青春の日から晩年まで、振幅を変えながらも一貫していたことは認めなければならないであろう。

二　最初の官吏任用

士人が官吏として新任登用されることを起家（あるいは釈褐《しゃっかつ》、出身）といった。『宋書』陶潜伝は、彼の起家の様子を「親老い家貧しくして、起ちて州の祭酒と為るも、吏の職に堪へず、少日にて自ら解きて帰る。」と記す。他の史書もこれにならう。

彼が起家した年齢は、「飲酒」其十九（巻三）十四句中初めの六句

疇昔苦長飢　投耒去学仕　疇昔《ちゅうせき》長《つね》なる飢ゑに苦しみ　耒《すき》を投《す》てて去《ゆ》きて学仕す（はじめて宮仕えをした）

将養不得節　凍餒固纏己　将養（家族を養うこと）節（適切さ）を得ず　凍《こご》えと餒《う》ゑは固より己に纏《まつ》

はる

是時向立年　志意多所恥　是の時立年（三十歳）に向《なんなん》とし　志意に恥づる所多し

に基づき、二十九歳（孝武帝の太元十八年、三九三）であるとするのが、南宋・呉仁傑の「陶靖節先生年譜」以来の通説である。ただここでは州の祭酒の職務と二十九歳での起家の意味することについて注目しておかなければならない。

中央官僚の場合、祭酒は漢以来国子学（大学）における各経博士の総長として極めて名誉ある職務であった。しかし州の祭酒は国家とは職務内容を異にし、刺史個人の裁量で任用できる補佐官の一つ、正式には祭酒従事史（史は吏の仮借）と呼ばれ、文書関係以外の雑務をすべて引き受ける係であったらしく、劉宋になってからはじめて、兵、賊、倉、戸、水、鎧などの諸曹（分掌）に分割整理された[1]。そうだとすれば、「少きより俗に適する韻べ無く　性本邱山を愛す」ることを自認する陶淵明にとって、到底手に負える職掌ではなかった。「吏の職に堪へず、自ら解きて帰る」という史書の記述は、ありのままを記していると見なさる。

次に指摘しなければならないのは、二十九歳で州の属僚に起家することは、地方官としての生涯のコースを決定づけられるという点である。のち鎮軍将軍劉裕の参軍として、淵明の人生にも若干のかかわりを持つ二人の人物すなわち瑯邪《ろうや》王氏の王弘が、会稽王・司馬道子の驃騎参軍主簿（驃騎将軍府・参謀部の書記官）で起家したのが二十歳[2]、また三十五歳の若さで豫章郡太守として死去した陳郡謝氏の謝瞻《しゃせん》が、桓温の第五子桓偉の安西参軍（安西将軍の参謀）で起家したのはほぼ十六歳であったと推定される。[3]「甲族は二十を以て登仕せしめ、後門は立を過ぐるを以て吏に試みしむ」（蕭衍＝のち梁武帝「選簿を立つるの表」[4]というのが、六朝士人の起家の際の通念であった。上級貴族の子弟の起家官は、著作佐郎や散騎郎など中央政府の属官か、名ある将軍府の参軍が普通であった。遠く北辺塞外の地に雄飛する淵明の夢は、はじめから夢でしかなかった。州からは続いて主簿（文書管理主任）はどうかという招聘があったが、当然辞退している。「躬耕して自資するに、遂に羸疾を抱く」という結果をもって仕官の第一歩は収束したというのが史書の記録するところである。

　最初の仕官に失敗したあとの六年ほどは、後添いの妻をめとり、五人の男の子に囲まれ、お上からの招辟の沙汰もなく、いわば見捨てられた形で、士族地主の暮らしを送っていたもののようである。

【注】

(1) 唐、杜佑（七三五～八一二）『通典《つてん》』巻三十二職官十四、州郡・上、総論州佐（別駕、治中、主簿、功曹書佐、部郡国従事、典郡書佐、祭酒従事、中正）。祭酒従事史は、漢魏以来置く。宋の世には分ちて諸曹（兵、賊、倉、戸、水、鎧《かい》の事）を掌らしむ。江左（東晋以降）より、揚洲には祭酒無くして主簿を以て事を治めしむ。

(2) 『宋書』巻四十二、本伝

(3) 『宋書』巻五十六、本伝

(4)『梁書』巻一、武帝紀上・永明二年

三　反逆者桓玄の幕府に出仕

陶淵明が自身の行くてを決めかねている間に、北朝諸国との対立に加えて、東晋内部の政治情勢にも厳しい緊張が生じていた。淝水の戦い(三八三)では、八万の晋軍が前秦苻堅の九十万の大軍に奇跡的な勝利を収めた。だが、間もなく宰相謝安(三二〇〜三八五)が他界し、孝武帝司馬曜および一族の司馬道子・元顕父子を中心とする建康の中央政府と、長江上流の荊州の軍閥桓玄(三六九〜四〇四)との対立が加速していった。中央政権が頼みとするのは、淝水の戦の中核となった、京口(今の江蘇省鎮江市)に拠点を置くいわゆる北府軍団であった。

三六九(太元二年)アルコール中毒の孝武帝が乱脈の果てに寵愛した貴人(唐代の貴妃に相当)に布団蒸しにされて横死を遂げ、権力を手中にした道子・元顕父子は、知的障害者の司馬徳宗を帝位(安帝)につけた。この機会を利用して、三九八(隆安二年)北府軍団を指揮する鎮北将軍・兼兗《えん》州刺史の王恭が荊州刺史殷仲堪、広州刺史桓玄らと結んで謀反の兵を起こした。しかし輔国将軍劉牢之の裏切りで王恭が殺され、反乱軍は改めて、桓玄を盟主に推戴して態勢を整えた。桓玄(三六九〜四〇四)はかの桓温(第Ⅳ章二節、孟嘉の項を参照)の長子で、父の支配した荊州の地盤に拠って着々と力を蓄え、三九九(隆安三年)には殷仲堪を襲って殺し、朝廷に要求して後将軍、都督揚、豫等八州諸軍事・荊、江二州の刺史等の地位をかち取り、虎視眈たんと東晋王朝を簒奪する構えをあらわに示す一大勢力にまで成長していた。
西方の桓玄が朝廷にとって重大な脅威になりはじめたのと時を同じくして、会稽郡（浙江省東部）で、司馬元顕の徴兵政策（奴《ど》の身分の者を客《かく》（流浪の賤民）とし兵籍編入する「奴客令」）に反対する、天師道徒・孫恩の指導する大規模な農民暴動が発生した。蜂起はまたたくうちに揚州全域に広がり、四〇一（隆安五年）六月首都建康も一時危険となり、王朝の体制を根幹から揺り動かす局面に遭遇した。
このように歴史が激しい波濤を立てて動きはじめた時、淵明がその流れに身を投じたことを思わせる三首の詩が残されている。
「庚子歳五月中、従都還、阻風于規林＝庚子《かのえね》の歳（隆安四年、四〇〇、三十六歳）五月中、都より還るに、風に規林に阻《はば》まる」二首（巻三　詩五言）(1)
「辛丑歳七月、赴暇還江陵、夜行塗口＝辛丑《かのとうし》の歳（隆安五年、四〇一）七月、赴仮して江陵に還らんとし、夜塗口を行く」（巻三　詩五言）
右の三首のうち、淵明が桓玄の配下にあったことを直接に推測させるものは「辛丑歳七月」の詩である。この詩の内容は次のごとくである。

閒居三十歳　遂与塵事冥　閒居すること三十歳　遂に塵事と冥《くら》し
詩書敦宿好　林園無世情　詩書宿《かね》てよりの好みを敦《あつ》くし　林園に世情無し

如何舎此去　遙遙至西荊如何ぞ此れを舎《す》てて去り　遙遙として西荊（西のかた荊州）に至らんとする
叩栧新秋月　臨流別友生栧《かい》を叩く新秋の月　流れに臨み友生と別る
涼風起将夕　夜景湛虚明涼風起りて将に夕べならんとし　夜景虚明を湛ふ
昭昭天宇闊　皛皛川上平昭昭として天宇闊く　皛皛《ようよう》として川上平らかなり
懐役不遑寐　中宵尚孤征役《つと》めを懐へば寐ぬるに遑《いとま》あらず　中宵尚ほ孤り征く
商歌非吾事　依依在耦耕商歌（自分を売り込む真似）(2)は吾が事に非ず　依依たるは（心を引かれるのは）耦耕に在り
投冠旋旧墟　不為好爵縈冠を投てて旧墟に旋《かへ》り　好爵の為に縈《つな》がれざらん
養真衡茅下　庶以善自名真を養ふ衡茅の下《もと》　庶《ねが》はくは善を以て自ら名づけん

「江陵」は桓玄が刺史であった荊州の州府、今の湖北省の江陵県もしくは荊州市にあたる。「塗口」は湖北省安陸県に相当する。ここでの問題は「赴仮」の一語である。「赴仮」の解釈のしかたによって、淵明の立場、旅の目的も大きく変わってこざるを得ない。

陶澍、梁啓超、古直等は、当時淵明は鎮軍将軍劉牢之（北府）の参軍であったという見地をとっていた。例えば陶澍『年譜考異』隆安五年は、『集韻』「仮は休沐なり」や、応劭《おうしょう》の『漢官儀』「五日に一仮の休沐あり」を引き、「官吏の休暇」であるとする。「赴仮」を「休暇をとる」と解した場合、場面設定にいくつかの推測を付け加えることが必要となる。淵明が三三九（隆安三年、三十九歳）以後、前将軍劉牢之の参軍となっていたと見なす陶澍は、公務で都から江陵に出張しての帰路、尋陽を通ることとなり、若干の休暇をとって帰省しようとした折の作だと解釈する。ここでの公務とは、孫恩討伐を名目として、桓玄が建康方面への出兵の「請願」をしたことに対し、それを抑えるための、不許可の詔勅を携えての使いではなかったかと推測する。また古直『陶靖節詩箋』、『陶靖節年譜』隆安五年は、『礼記』鄭注「赴は疾なり」や『経典釈文』「赴は急疾なり」に基づきながら、『世説新語』巻十五自新篇の「陸機赴仮還洛＝陸機赴仮して（急いで休暇をとったあと）洛に還らんとす」を用例としてあげている。古直は『赴仮』の『仮』の意味を「休暇をとる」とする点では陶澍と一致しているが、詩の十三、四句の「懐役不遑寐　中宵尚独征」がただならぬ緊張感を表しているところから、「赴」が「疾」『急疾』の意味をも有している点に注目する。古氏の推測によれば、この七月の淵明の公務は、劉牢之の参軍として桓玄の東上を阻止することにあった。孫恩の反乱軍は建康に迫りながら、六月、劉裕らの捨て身の奮戦で、撤退を余儀なくさせられていた。もし激戦直後の空白を桓玄が襲えば、首都はひとたまりもなくその手に落ちるであろう。ことは国家の運命にかかわる一刻を争う急務である。十三、四句はその緊迫した状況をうたっているというのである。古氏は明言しないが、その慌ただしさの中の寸暇を裂いて、彼は郷里に立ち寄ったうえで、更に江陵をめさして旅立っていったということになる。だが詩題で「江陵に還る」と記すのはどういうわけか。古氏はそれを次のように説明する。江陵は曾祖父陶侃がかつて鎮（幕府）を開いた地である。淵明がここで「還」の語を用いたのは、礼にのっとった、「本」を忘れぬための心づかいにほかならないと解釈する。

以上陶澍、古直両氏の説を例としたが、前近代においては、詩題中の「赴仮」はほとんど「休沐」の意味に解されてきた。それは淵明が桓玄に臣従しなかったことを強調する意図を含むものであった。ただし『宋書』本伝は、官吏としての淵明の経歴について、桓玄との件に直接触れぬものの、「潜は弱年より薄官にして、去就の迹潔からず」という厳しい評価を行っている。「辛丑歳七月」詩が残され、淵明の人生が「逆賊」桓玄と交差している以上、靖節の名を汚すまいとして、人びとは近代に至るまでさまざまな配慮を払い続けてきたのである。前記古直の牽強付会ともいえる推論も、淵明が桓玄のもとに出仕することなどあり得ないのになぜ行ったのか（「先生の江陵への行は頗る索解し難し。」『陶靖節年譜』隆安五年）という疑問に何とか解答付けようという苦肉の策と見ることができる。

古直以後陶淵明が軍閥桓玄に仕えたことを、はじめてはっきり論証したのは朱自清の「陶淵明年譜中の問題」第四章および五章であった。朱氏の論拠は大きくは二点に分けられる。第一は淵明が「鎮軍将軍」劉牢之の参軍となり、牢之の命により、桓玄の東進を抑止するため、都と江陵の間を往復していたとする従来の諸説の誤りを証明したことである。（第四章）。また第二は「辛丑歳七月、赴仮還江陵～」詩の「赴仮」の語句を「休沐」とする旧説を否定した点である（第五章）。

まず朱氏の「赴仮」についての解釈は、休暇を終えて任務に戻ることであるとする。例文としては古氏のあげたと同じ『世説新語』自新篇の「陸機赴仮還洛、輜重甚盛＝陸機赴仮氏（休暇を終えて）洛に還らんとするに、輜重《しちょう》（携帯の荷物）甚だ盛んなり」が意味を変更の上引用されている。次に淵明と桓玄との関係について、朱氏は次のように総括する。淵明が桓玄の幕府に参与したのは鎮軍参軍に就任する前の事である。当時荊州の桓玄に対抗できた勢力は、建康の東約七〇キロの京口に本拠を置く北府軍団の劉牢之だけであった。東晋の中央政府はこの二つの軍事勢力の同意を得ることなくして重要政策を決定することはできなかった。朱自清は三三九（隆安三年）から四〇〇年にかけて桓玄に仕えることとなった淵明に与えられた任務は、桓玄側を代表して、建康と荊州の連絡をとる駐在員の一人ということであったと見なす。「庚子歳（四〇〇）五月中従都還〜」詩は孫恩軍が会稽のほぼ全域を支配下に収めた危機的な状況の報告を伝えるため、江陵に向かう途中の作であろう。朱氏はこの時期から翌年の七月まで、淵明はずっと郷里で休暇をとっていたとするが、筆者の目からすれば、情勢はそれを許すほど悠長なものではなかったはずである。おそらく何度かの長江往復があり、四〇一（隆安五年）六月、牢之の参軍劉裕の奮闘によって、建康に迫っていた孫恩の水軍が撤退したあとの間隙を利用して一時帰郷していたのではなかろうか。

淵明が桓玄の部下となったこと自体について、朱自清は大意以下のような感想を書き付けている。「淵明は自分のあやまちを隠そうとしてはいない。われわれは彼のために弁解の労をとること惜しまない。すべては老いた母やいとけない子供たちを養うための選択であったのだ。この詩の終わりの八句を読むと、彼が宮仕えのために、どんなに我が身を苦しめているかが迫ってくる。彼のその心情を、千載ののちに生を受けた我々は十分理解し、同情することができる。」

【注】

（1）「庚子の歳五月中、都より還り、風に規林に阻まる」二首。詩題と詩そのものからは、四〇〇（隆安四年）（通説では三十六歳）、首都建康に旅をしたあと、郷里の尋陽に帰省する途中、暴風のため規林の地で船止めになった時の作。第二首の終わりに、役人勤めなど、もうご免だ（人間良可辞＝人間《じんかん》良《まこと》に辞すべし）という句が見えるところから、何らかの使命を帯びての出張の帰途であることは推量できるが、具体的な点については、一切触れていない。

（2）「商歌」は古代音楽の五音の一つ、悲痛な調子の曲。春秋時代、衛の寧戚が斉の桓玄の車に近づいて、商の歌をうたい、認められて登用された故事（『淮南子』道応訓）。権力者に自分を売り込むこと。

四　鎮軍参軍就任をめぐる問題

桓玄の幕府における淵明の勤務期間は三九九（隆安三年・己亥）の後半もしくは四〇〇年（庚子）の始めから、四〇一（隆安五年・辛丑）冬までのほぼ二年間であった。辛丑の冬母親が他界し、彼は桓玄のもとを辞し、帰郷して服喪の生活に入った。母の死去は「程氏にとつぎし妹を祭る文」中の次の一節から推量される。

昔在江陵　重罹天罰　昔　江陵に在りて　重ねて（父の死に重ねて）天罰に罹る
兄弟索居　乖隔楚越　兄弟索居し（離れ離れに暮らし）楚越に乖隔《かいかく》せり

伊我与爾　百哀是切　伊《ここ》に我と爾《なんじ》と　百哀是れ切なり
黯黯高雲　蕭蕭冬月　黯黯たる高雲　蕭蕭（木枯らしが吹きすさぶさま）たる冬月
白雪掩晨　長風悲節　白雪晨《あした》に掩《おほ》ひ　長風　節（ま冬の寒さ）に悲しむ

家に戻ったとき、はじめてささやかな農業労働を体験し、その中から生み出された「癸卯歳始春、懐古田舎＝癸卯《みずのとう》の歳（元興二年、四〇三、三十九歳）始春、田舎に懐古す」二首は、中国文学の歴史にかつて存在しなかった田園詩の世界をきり拓く作品であった。ここには其二をあげる。

先師有遺訓　憂道不憂貧　先師（孔子）に遺訓有り　道を憂ふれども貧しさを憂へずと(1)
瞻望邈難逮　転欲志長勤　瞻《あお》ぎ望めば邈《はる》かにして逮《およ》び難く　転《いよ》いよ長勤（農耕）に志さんと欲す
秉耒歓時務　解顔勧農人　耒《すき》を秉《と》りて時の務めを歓び　顔を解《ほころ》ばせて農人を勧ます
平疇交遠風　良苗亦懐新　平疇《へいちゅう》（広々とした田）に遠きよりの風の交《ゆきか》ひ　良き苗は亦た新しさを懐く
雖未量歳功　即事多所欣　未だ歳の功《みの》りを量らずと雖ども　即事（今の仕事）に欣ぶ所多し
耕種有時息　行者無問津　耕種して時に息ふこと有れど　行く者津《しん》を問ふこと無し(2)
日入相与帰　壺漿労近隣　日入れば相与に帰り　壺の漿《さけ》もて近隣を労《ねぎら》ふ
長吟掩柴門　聊為隴畝民　長《のどか》に吟じつつ柴の門を掩《とざ》し　聊か隴畝《ろうほ》（田畑の畝）の民と為《な》れり

淵明が郷里に蟄居している間に、国内の政治情勢はさらに大きく展開しはじめていた。四〇一（隆安五年）六月建康攻撃に失敗した孫恩の水軍は浹口《しょうこう》（今の浙江省鎮海区）を拠点として、再三上陸進攻をこころみ、南徐、南兗《えん》二州の刺史劉牢之の武将劉裕の軍と死闘を繰り返した。劉裕は常に優勢に立ち、その沿岸封鎖による食料欠乏にも苦しんだ孫恩は、臨海（今の浙江省臨海市）の攻撃に失敗した四〇二（元興元年）三月、遂にその家族および百余人の部下とともに、海中に身を投じて自殺した。

一方同じく三月、桓玄は大船団を組んで建康に入城し、北府軍団の総帥劉牢之を甘言で釣って寝返りさせ、牢之は桓玄に騙されたことを知るとともに、配下の武将たちの反発に合い首をくくって自殺した。桓玄は丞相、録尚書事を自称し、その年十二月までに、東晋王朝の権力を握っていた司馬道子と世子元顕をはじめ、とりまきの高官たちをことごとく処刑した。あくる元興二年には桓玄は二月に大将軍、八月に相国《しょうこく》、楚王を名乗り、十二月には遂に帝位につき、国号を楚、年号を永始と定めた。東晋の安帝は平固王に降格のうえ尋陽に移され幽閉された。

桓玄の最大の失策は劉裕を始めとする京口の北府軍団の歴戦の中堅武将たちをそのまま放置しておいたことであった。彼らは恭順を装いながら極秘のうちにクーデターの計画を練りあげ、翌四〇四（元興三年）の二月に蜂起し、三月はじめに桓玄は僅かな従者とともに小船で建康から逃亡し、安帝を江陵に連れ去ったが、五月には江陵西南の枚回洲《ばいかい》（『晋書』安帝紀では貊番洲《ばくばんしゅう》と記す）で益州（現四川省東部の地）督護の馮遷《ふうせん》に討ち取られるという破局を迎えることになる。

これに対し劉裕は桓玄追放直後、建康城内の政治と社会秩序の整備に目覚ましい成果をあげ、三月壬戌《みずのえいぬ》、桓玄の司徒王謐《おうひつ》によって、東晋王朝において勲功ある人物に稀にしか与えられない、栄誉ある鎮軍将軍の称号と徐州刺史、都督揚・徐・兗・豫・青・冀・幽・并八州諸軍事、仮節の重職に推薦され、時代の脚光をあびる一歩を踏み出すこととなった。(3)

しかしこのように義軍の旗印を高々と掲げ、歴史の表舞台を闊歩しはじめた成り上がり軍閥劉裕のもとに、垣玄に仕えたあげく淵明が、身を寄せることになるのである。後の世の者からすれば、不可思議極まりない振る舞いということになろう。

ともあれ、淵明の「始作鎮軍参軍、経曲阿作」を中心に、『宋書』陶潜伝の「復た鎮軍・建威参軍と為る」の一文、更に『文選』巻二十六の、右の詩に対する李善注の「臧栄緒《ぞうえいしょ》の『晋書』に曰はく、宋の武帝、鎮軍参軍を行《こう》ず（兼任した）」という題解など、動かしがたい証拠文献が揃っている。

弱齢寄事外　委懐在琴書
被褐欣自得　屢空常晏如
時来苟冥会　宛轡憩通衢
投策命晨装　暫与園田疎
眇眇孤舟逝　緜緜帰思紆
我行豈不遥　登降千里余
目倦川途異　心念山沢居

弱齢より事外（世俗の外）に（身を）寄せ　懐《おもひ》を委《ゆだ》ぬるは琴と書に在り
褐（粗末な衣服）を被《き》るも欣びて自得し　屢しば空しきも常に晏如たり(4)
時来りて苟《かりそめ》めに冥会し　轡《たづな》を宛《ま》げて通衢《つうく》（大通り）に憩ふ
策《つえ》を投じて晨装（旅立ちの支度）を命じ　暫く園田と疎《とほざ》かる
眇眇《びょうびょう》として孤舟逝き　緜緜《めんめん》として帰思紆《まつ》はる
我が行　豈に遥かならざらんや　登降すること千里余り
目は川途《せんと》の異なれるに倦み　心は山沢の居を念ふ

望雲慚高鳥　臨水愧游魚　雲を望みては高鳥に慚《は》ぢ　水に臨みては游魚に愧《は》づ
真想初在襟　誰謂形迹拘　真への想ひは初めより襟《むね》に在り　誰か謂ふ形迹に拘せらるると
聊且憑化遷　終反班生廬　聊か且《しば》らく化に憑りて遷り　終ひには班生の廬《いほり》に反らん(5)

この詩については、鎮軍将軍が誰であるか、淵明がいつその参軍に就任したのかなど、古くからさまざまの論議が交わされてきた。提起された意見をすべて取り上げるのは繁雑に過ぎるので、ここでは淵明が劉牢之の参軍であったとする陶澍と古直の見解とそれに対する朱自清の批判とを対照しておきたい。

劉牢之は彭城（今の江蘇省銅山県）の武門の名家の出身であり、京口の北府軍団若手の参軍として、百戦百勝の勇名をとどろかした。その後中書令王恭の府司馬となり、朝廷から龍驤《りゅうき》将軍の称を受け、いくつかの反乱の鎮圧に功をあげた。王恭は三九〇（太元一五年）都督青・兗・幽・并・冀《き》・五州諸軍事、前将軍、青・兗・二州刺使の大官に任じられたが、三九八（隆安二年）桓玄や殷仲堪らの謀反に加わり、長年の部下であった劉牢之とその子敬宣によって討ち取られた。牢之はこの時輔国将軍の肩書を持っていたが、返り忠の手柄によって、恭に代わり、都督兗・青・冀・幽・并・徐・揚州・晋陵軍事の地位をも与えられた。牢之は続いて三九九（隆安三年）十月の孫恩の蜂起鎮圧に際し、最高位の階級である前将軍に任じられるわけであるが（『宋書』武帝紀では劉牢之は十月に前将軍のまま出兵を命じられているのに対し、『晋書』安帝紀、劉牢之伝では、鎮圧に一定の功績あげたあとの四〇〇・隆安四年になってから前将軍に就任したと記されている)、この時淵明が牢之の参軍になり、孫恩討伐に加わったことを強調するのは、陶澍の『年譜考異』隆安五年および「靖節先生為鎮軍建威参軍弁＝靖節先生鎮軍・建威参軍と為《な》るの弁」およびそれに賛成する古直の『年譜』隆安三年である。陶澍の主張の中心は次の三点である。

その一、「始めて鎮軍参軍と作りて」の詩は、『陶淵明集』巻三の冒頭に置かれ、「庚子の歳、五月中、都より還る」の詩がそれに続く。元来巻三の詩はすべて作成の年代順に並べられているはずのものであるから「始めて鎮軍参軍と作りて」の詩は、庚子の歳(四〇〇、隆安四年)よりも前の作と見なすべきである。

その二、「始めて鎮軍参軍と作りて」の詩題に見える曲阿(今の江蘇省丹陽県)は、北府軍団の根拠地京口に至近の距離(直線約二十五キロ)で、京口に行くには必ず通らなければならない。京口に鎮(幕府)を開設したのは、三九〇(太元十五年)から三九八(隆安二年)までは王恭、三九八から四〇二(元興元年)までは劉牢之である。『宋書』武帝紀によれば、牢之は三九九(隆安三年)にはすでに前将軍に任命されているので、この年に淵明は参軍としてその幕下に赴いたと見るのが妥当である。

その三、東晋王朝で当時正式に鎮軍将軍の称号を得た者は、三七七(孝武帝の太元元年)の郗愔《ちいん》以後、四〇四(安帝の元興三年)の劉裕に至るまで皆無である。そのようななかで前将軍たる劉牢之を淵明がことさらに「鎮軍」将軍と呼んだのは以下の理由による。すなわち『晋書』百官志に「左・右・前・後軍有り。左・右・前・後の四軍は鎮衛軍為《た》り」と記されていることから、当時前軍は正規の鎮衛軍であったことがわかる。王恭、劉牢之はいずれも鎮衛軍前軍であった。そこで鎮軍将軍と略称したのである。

以上の陶澍、古直の説に対しては、朱自清から次のような批判(「陶淵明年譜中の問題」第五章)が提示された。

その一について、現行の『陶淵明集』の作品の配列の基準は、制作年代には関係がなく、「始めて鎮軍参軍と作りて」詩が巻三の初めにあるからといって、それが巻三中の他の作より以前に作られたものとはいえない。『四庫全書提要』によれば、現行の『陶淵明集』は北宋の宋庠《そうしょう》がその『私記』において作品の配列が最も原本に近く整備されたものと称揚する、『江左本』と呼ばれる系統のテキストに属している。だがそれにしても、蕭統の編纂した旧テキストとは大きく相違したものである。また『四庫提要』の引く北斉の陽休之の「序録」においても、『陶淵明集』は蕭統以前にも世に行われていたが、「編比顛乱《てんらん》し、兼ねて復た闕《けつ》少す」という状態であったと記されている。蕭統の序文が「素より其の文を愛し、手より釈《お》く能はず。故に捜校を加へ、粗《あら》まし区目を為《つく》る」というのもそのことを裏付けいる。要するに『陶淵明集』の各詩文は、年代的には後代の編集者の恣意に従って配列されたものである。巻三中、詩題に甲子の年号が付記されているものは、年度順に並んでいるが、「始作鎮軍参軍」詩が冒頭に置かれているのは、編集者が「始作」の二字をことさらに意識した結果に過ぎない。(6)

その二について、劉牢之が三九九(隆安三年)に前将軍であったとするのは、『宋書』武帝紀の記述のみをより所として、『晋書』安帝紀、および劉牢之伝を無視した誤りである。(7)

その三について、陶澍は『晋書』百官志（正しくは職官志）の本文を、「有左、右前、後軍将軍。左、右、前、後四軍、為鎮衛軍。＝左、右、前、後軍有り。左、右、前、後の四軍は鎮衛軍為《た》り。」と引用して自説を展開しているが、当該文は実際は「後省左軍、右軍、前軍、後軍、為鎮衛軍。＝後に左軍、右軍、前軍、後軍を省きて鎮衛軍と為す」が正しい。陶澍は自説のために原文の改竄をおこなったのである。

朱自清の批判は極めて実証的であり、鎮軍将軍は劉牢之であるとする見解の成り立ち難さを徹底して明らかにしたといえる。

ただこの項の最後において一言しておかねばならぬこととして、淵明の鎮軍将軍劉裕の参軍就任がいかにも不自然な人事だという点である。淵明が桓玄の配下となったこと自体、外祖父孟嘉が玄の父温の長史（幕僚長）であった関係などからして、しぶしぶ容認せざるを得ないというのが、中国の人々の伝統的感情であった。その桓玄が逆賊として討滅される渦中で義軍の領袖である劉裕の懐刀《ふところがたな》の立場に身を置くというのは、常識からして理解を超える振る舞いといわなければならない。「始作鎮軍参軍」詩の第五句「時来りて苟《かりそ》めに冥会し」の「冥会」は含みのある表現で、古直の『詩箋』では『文選』李善注の「時の来会を蒙むるに遇ひ（たまたま、偶然に）」を引用し、王叔民の『詩箋証稿』では郭璞《かくはく》の『磁石譜』「気の潜かに感ずる有りて、数《しば》しば冥会する有り」を引き、「黙契・黙合（暗黙の了解をつける）」の意に解している。この二つは中国における解釈を代表するものといえよう。だがそのいずれを取るにせよ、隠士の道を選ぶ前の、官僚候補資格を有する陶淵明の周囲には、父祖伝来の、複雑な人間関係の網が張り巡らされていたことを示している。そう想定しなければ、『宋書』本伝の「潜、弱年は薄宦にして、去就の迹に潔からず」の一文の内実および彼の詩を通してたどれる官僚経歴の不可解さの意味をとらえることはできないと思われる。

不自然な就職は順当な結果をもたらすはずはない。前述のように、（本章、二節、州の祭酒就任）高級士族の若者の起家は、中央政府の秘書郎や著作佐郎のほか三公や各将軍府の主簿や参軍が選ばれ、年齢は二十歳前後が通例であった。当然鎮軍将軍府の参軍集団は、いずれも春秋に富む若者たちであった。その群れの中に、おそらくたった一人降り立った四十歳の中年男（袁氏説では五十三歳）は、誰が見ても不釣合極まる存在である。淵明自身余りにも場違いな自分の姿に耐えられなかったのであろう。次の建威参軍就職の関係からすれば、その年の十月頃にはすでに劉裕の幕府を去っていたものと推量される。

【注】

（1）『論語』衛霊公第十五に、孔子の「君子憂道、不憂貧。＝君子は道を憂ふるも、貧を憂へず」ということばが見える。

（2）『論語』微子第十八の「長沮、桀溺耦而耕。孔子過之、使子路問津。＝長沮、桀溺耦して耕す。孔子之を過《よぎ》り、子路をして津（渡し場）を問はしむ。」を典故とする。陶淵明は「問津」にまつわるイメージ（桃源郷に憧れ、その地を探索しようという努力）との対照によって、俗世の堕落を強調することに強い関心を抱いていたらしく、他の作品の二箇所で同様な表現を用いている。一つは「桃花源記」の終末の「後遂無問津者。＝後遂に律を問ふ者なし。」一つは「飲酒」詩其二十首の「終日馳車走　不見所問津＝終日車を馳せて走るも　問ふ所の津を見ず」である。

（3）中華書局版『宋書』巻一、九頁では「鎮軍将軍」が「領軍将軍」となっているが、明らかな誤植である。

（4）屢空」は『論語』先進第十一の「子曰、回也其庶乎、屢空。＝子曰はく、回（顔回）や其れ庶きか（理想に近いね）、（道を楽しんで富を求めないから）しばしば米びつが空になる」を典故としている。

（5）「班生」は後漢の班固（『前漢書』の編集者）の父班彪《はんぴょう》、「生」は敬称。班固の「幽通賦」（『文選』巻十四）では、父をたたえて「終保己貽則兮、里上仁之所廬＝終ひに己を保ちて則《のり》（道を貫く軌範）を貽《のこ》し、上仁の廬《いほり》する所に里《を》らん」という。句の意味は「班彪先生の住む（仁者の）家に帰ることにしよう」という帰隠の意志の表明。またこの句は『論語』里仁第四の「里仁為美＝仁に里《を》るを美と為す」をも典故としている。

（6）南宋・紹熙三年（一一九二）曽集刊『陶淵明集』は巻数の部立てがなく、しかも通行本と違って「始作鎮軍参軍」詩が「庚子歳五月中従都還」詩の次に置かれている。朱自清説を支える重要な資料といえる。

（7）三九九（隆安三年）十月、孫恩の農民起義が会稽で勃発し、朝廷では十一月鎮圧軍を差し向けるが、その際の劉牢之の地位について関係史料の記述は次のようになっている。

『宋書』巻一武帝紀――「安帝隆安三年十一月、妖賊孫恩会稽に乱を作す。晋朝　衛将軍謝琰《しゃえん》、前将軍劉牢之をして東して討たしむ。」

『晋書』巻十安帝紀――「隆安三年、十一月甲寅《きのえとら》、妖賊孫恩会稽を陥《おとしい》る。（中略）衛将軍謝琰、輔国将軍劉牢之をして逆撃して、之れを走らしむ。」――「四年、六月（中略）輔国司馬劉裕、恩を南山に破る。」――「冬十一月前将軍劉牢之を鎮北将軍と為す。」『晋書』巻八十四劉牢之伝――「孫恩会稽を攻め陥るに及び、牢之遣将桓宝をして師（軍）を率いて三呉を救はしむ。――（牢之）進みて前将軍、都督呉郡諸軍事を拝す。」

以上史料の記述は朱自清の指摘する通りである。

五　建威参軍就任をめぐる問題

陶淵明が四〇五（義熙元年、乙巳《きのとみ》）の三月に建威将軍の参軍の地位にあったことは、彼の乏しい伝記資料の中で、確かな事実の一つとして教えられるものである。しかしそれは詩題の範囲に限られており、淵明の仕えた将軍が誰であるかについては、古来劉牢之か劉懐粛かと意見がわかれるところである。その基本原因は桓玄の帝位簒奪とそれに対する劉裕、劉毅らのクーデターによる大小さまざまの戦闘が重なりあい、記録の一貫性が薄れている点にあるといえよう。

劉敬宣は『晋書』巻八十四、『宋書』四十七の本伝によれば、劉敬宣は淵明の鎮軍将軍に擬されもした前将軍劉牢之の長子であった。王恭の打倒や孫恩の鎮圧などに手腕を発揮したが、桓玄簒奪の折、王朝と桓玄双方にふたまたをかけて窮地に立った牢之が縊死したあと、敬宣は司馬休之や高雅之らとともに後奏の姚泓《ようこう》、鮮卑の慕《ぼ》貌《ぼう》徳《とく》をたより、桓玄への反撃の機会をねらっていた。四〇四（元興三年）二、三月、反桓玄のクーデターが拡大する中で、劉裕の親書で呼び戻されて輔国将軍に任じられ、桓玄のいとこの桓歆《かんきん》や氏族の楊秋らと死闘を展開した。四〇四のおそらく三、四月の交、彼はようやくのことで、宿敵桓歆を芍坡（現安徽省寿県）で破り、功によって建威将軍、兼江州刺史の地位を劉裕から与えられた。敬宣は江州在任中、食料、舟乗、武器を調達して荊州の義軍に補給し、桓玄の残党を平定する上で大きな役割を果たした。だが上司王恭の殺害などで、父子ともに裏切り者の不評を買い、返り新参でもある敬宣がこのような重職についたことは、日頃から彼と確執のあった劉毅の激しい怒りを招いた。劉毅は桓玄打倒クーデターの首謀者の一人として、劉裕と肩を並べようという気構えがあらわであった。彼は敬宣の人事に不満な旨を劉裕に伝え、後難をおそれた敬宣は安帝が正式に帝位に復した四〇五（義熙元年）正月、みずから解職を願い出た（『晋書』安帝紀、および『宋書』劉敬宣伝）。辞職願いを提出したあとの敬宣は、自分の家屋敷はじめ財産を蕩尽する生活を始め、劉裕も、それをあおりたてるように、遊宴をともにしたり、豪勢な引き出物を彼に与えていることを『宋書』本伝は記す。劉毅への対抗策であることは明白である。

『晋書』安帝紀で帝が江陵から建康に戻ったのは三月中頃と記されている。『宋書』『晋書』の本伝は、ともにこれを機に牢之は冠軍将軍、宣城内史、襄城太守に叙せられたとする。

一方劉懐粛は劉裕の従母兄で劉裕と同様、家は代々貧しかったが、好学躬耕に励んだと、『宋書』本伝は記す。彼ははじめ寧朔将軍時代の劉敬宣に仕え、孫恩の農民戦争の鎮圧に手柄をたてたのち、劉裕らのクーデターに馳せ参じて縦横の活躍をした。四〇五（義熙元年）三月、桓玄の甥桓振が、報復の念に燃えて江陵を攻撃し、荊州刺史の司馬休之が襄陽に敗走した際、懐粛は雲社（現湖北省沔陽《べんよう》県）から昼夜兼行七日間の強行軍の後、額に矢傷を受けた血みどろな姿で桓振を打ち取った。江陵を守り抜いたあと、息継ぐ暇なく、彼は江夏（現湖北省雲夢県）に結集した桓玄配下の諸武将に攻撃をかけてこれを討滅し、その功によって、劉裕の末弟道規から江夏九郡の督（軍事指揮官）を兼任し、夏口（現在武昌付近）に臨時幕府を設けることを認められた(1)。

ところで懐粛が江州刺史、建威将軍に叙されたことは『宋書』には見えない。『晋書』安帝紀の四〇五（義熙元年）三月、安帝が建康に帰還する記事の直前に「桓振復た江陵を襲ひ、荊州刺史司馬休之襄陽に奔る。建威将軍劉懐粛　振を討ち、之れを斬る」の一条だけが存在する。

清の万斯同の『東晋方鎮年表』を見ると、この当時の江州の刺史は四〇四（元興三年）は正月から三月が石生、郭昶之《かくちょうし》、四月以降は劉敬宣、四〇五（義熙元年）敬宣が三月に宣城内史に移転し、あと年内は空白となっている。四〇六、四〇七は何無忌が右将軍を兼ねる形で就任しているところからすれば、四〇五の後半は記録の欠如があるにせよ、劉懐粛が担当したことはまずあり得ないといえよう。

では建威将軍はどういう性格のものか。唐の杜佑の『通典』巻二十九、職官十一には、四征、四鎮、四安、四平各将軍のあとに雑号将軍の項目が置かれ、「歴代の雑号将軍はおよそ数百、ここには代表的なもののみをあげる」として、約三十の将軍名が並び、建威将軍は十五番に位置する。またその注には「漢の元帝　韓安国、王婺を以て並びて之れを為さしむ」と見える。定員はなく、複数でもさしつかえなかったわけである。

私見をまとめれば、劉敬宣、劉懐粛は四〇四（元興元年）夏のクーデターの展開期からほぼ時を同じくして、別個に建威将軍に任じられ、敬宣は芍坡での桓歆　討滅を特に劉裕に評価されて江州刺史の兼任を命じられ、その点が劉毅の憤懣を買ったのであろう。懐粛の活躍は目覚ましかったが、江州とは直接の関係はなかったと見なされる。したがって淵明の建威参軍は敬宣のもとでの就任であったことは明らかである。

淵明が懐粛の参軍であったことを初めて提起したのは、南宋呉仁傑である。その『陶靖節先生年譜』義熙元年（元興三年の記事と混在）は、「三月、建威将軍劉懐粛　振を討ち、之れを斬る。天子乃ち京師に還る。是の年懐粛建威将軍を以て江州刺史為《た》り、先生実に建威軍事に参し、逆党を江陵に討つに従ふ。都に使して銭渓を経るの詩有るは、蓋し江陵より使事を以て建業に如《ゆ》くなり」と解説する。だが呉氏が建威将軍と江州刺史を兼任したとする点はやはり誤認といわねばならない。呉説には歴代賛意を示す人はほとんどなかったが、近人楊勇の『陶淵明年譜彙訂』が、劉敬宣の解職届けは三月末に提出されたと『資治通鑑』の記すことを援引して、呉氏説を支持する例があるが、『通鑑』の記述自体が問題であろう。

呉仁傑の見解について陶澍（『年譜考異』義熙元年）が劉懐粛は当時建威将軍ではあったが、江州刺史ではなかったという事実の誤りを指摘して、敬宣説を主張しているが、原則的には陶説を起点にして検討が進められなければならないと考えられる。

淵明の上京は敬宣辞職に関する何らかの事務であったろうが、それと同時に淵明の中央政府とのかかわりも必然的に途切れ、彭沢令から帰隠への路が始まることになる。次にあげる「乙巳歳三月、為建威参軍、使都経銭渓＝乙巳の歳（四〇五、義熙元年）三月、建威参軍為《た》りて都に使ひして銭渓（2）を経る」詩は、血なまぐさい動乱の渦と絶縁する爽快感が流露している作品といえよう。

我不践斯境　歳月好已積　我　斯《こ》の境を践まざりしより　歳月好《まこと》に已に積めり
晨夕看山川　事事悉如昔　晨夕山川を看るに　事事悉く昔の如し
微雨洗高林　清飆矯雲翮　微雨は高林を洗ひ　清き飆《かぜ》は雲まの翮《とり》を矯《あ》ぐ
眷彼品物存　義風都未隔　彼の品物のありしままに存するを眷《み》るに　義《ただ》しき風は都《す》べて未だ隔たらず
伊余何為者　勉励従茲役　伊《ここ》に余は何する者ぞ　勉め励みて茲《こ》の役《えき》に従ふ
一形似有制　素襟不可易　わが一形は制せらるる有るに似たるも　素よりの襟《おも》ひは易ふべからず
田園日夢想　安得久離析　田園を日びに夢想す　安んぞ久しく離れ析《わか》るるを得ん
終懐在壑舟　諒哉宜霜柏　終《つ》ひの懐ひは壑舟《がくしゅう》（3）に在り　諒《まこと》なるかな霜柏に宜《よろ》しからん（4）

【注】

（1）道規は劉裕の少弟（末弟）ではあったが、大器の風格があり、裕は深く信頼し、クーデターの中核に参加させた。この時点で道規が懐粛にこれだけの権限を与えていることは、すでに劉氏一族が大勢の主導権を把握していたことを意味していよう。

（2）今の安徽省の長江の南岸にある貴池市

（3）「壑舟」は「雑詩」十二首其の五にも「壑舟無須臾＝壑舟　須臾無し」と見える。基づくところは『荘子』第六、大宗師、二の「夫蔵舟於壑、蔵山（汕）於沢、謂之固矣。。然而夜半有力者、負之而走。昧者不知也。＝夫れ舟を壑《たに》に蔵し、山（汕《あみ》）を沢に蔵して、之を固しと謂《おも》ふ。然れども夜半に力有る者、之を負ひて走る。昧き者知らざるなり。」『荘子』においては同一の語句であるが、淵明の二つの詩では異なる意味を担っている。「雑詩」其の五では谷川を流れ下る船のような速やかな月日のうつろいを指すが、ここでは谷の奥に隠された舟のような俗世を避けた生き方をいおうとしている。

（4）「諒哉」真実そう思われることだ。「宜霜柏」自分の理想は霜をいただいていても緑の色を変えぬ柏の木と似た姿である。「柏」は桧の一種の常緑樹。『論語』子罕第九「子曰、歳寒、然後知松柏之後彫也。＝子曰はく、歳寒くして、然る後松柏の彫《しぼ》むに後《おく》るるを知る。」を踏まえている。

VII 陶淵明の隠逸生活と死

一　二十一年の隠逸生活とその時代の状況

陶淵明が澎沢令の地位を投げ捨てて郷里に戻った四〇五（義熙元年・乙巳《きのとみ》）十一月から、世を去った四二七（元嘉四年・丁卯）の某月まで、あしかけ二十二年の歳月が流れている。この期間、彼は江州、尋陽郡、柴桑県城の南郊の農村にあって、躬耕に携り、琴・酒に親しみつつ、およそ百首ほどの詩と二十篇前後の文を残している。彼の享年については、第Ⅲ章二、三節で概説したような、異なったいくつかの説が提示されているが、この二十一年は、隠士にして詩人であった陶淵明の人生の、動かしようのない確かな時間帯である。彼の身辺にどのようなできごとが起こっていたかは、『宋書』を中心とする史伝のエピソード類と、自身の作品を通して推測するしかない。が、事実としては、隠棲三年目の四〇八（義熙六年、四十六歳）の六月、生家が火災によって全焼するという不慮の事故に見舞われ門前の川に泊めおいた舟で、家族全員が雨露を凌ぐことを余儀なくされた（「戊申歳六月中遇火＝戊申《つちのえさる》の歳、六月中に火に遇ふ」詩）。翌年（四十五歳）「己《つちのと》酉歳九月九日」詩（巻三・十六句）には、「万化相尋繹

人生豈不労　万化は相尋繹《じんえき》す（万物は相関連しながら変化してゆく）（その中にあって）人生（人の生きることは）豈に労せざらんや（何と苦労が多いことか）」という嘆きがうたわれており、焼け出されてから一年余り、かなりな生活の辛酸を味わったことが窺われる。続く四一〇（義熙六年・四十六歳）孫恩の弟子でもあった広州刺史盧循が反乱を企て北上して江州に侵入し、尋陽も戦火の巷と化したが、翌四一一・四月には劉裕によって鎮圧された。だがこの歳の仲秋八月十九日には、年齢は十七も離れていたが、同じ部屋で寝起きし、畑仕事をも共にし、兄弟以上に心の通いあった従弟敬遠が死去している。また淵明も五十歳（通説四一四・義熙十年）過ぎてから大病をわずらったことが、詩文に見えている（巻七・与子儼等疏＝子の儼らに与ふる疏、巻二・示周続之・祖企・謝景夷三郎＝周続之・祖企、謝景夷三郎に示す、巻二贈羊長史　并序＝羊長史に贈る　并びに序、）。

隠逸生活に入る前、三十歳台後半の陶淵明は、「命子」詩前半にうたうような、名門士族の誇りを胸に秘めながら、上級官僚へのコースを模索していたことは確かである。桓温の意思を受け継いで王朝簒奪の態度を顕わに示す荊・江二州刺史桓玄の幕僚、その後桓玄の野望挫折を契機に、討滅義軍を率いる劉裕の鎮軍将軍参軍、さらに建威将軍劉敬宣幕府への鞍換え、その経緯は率直にいって行き当たりばっ

たりのものでしかなかった。彼みずから勤務しながら、自分が全く不適格な進路を選択したことを後悔し、郷里の田園に帰りたいという願望を、その都度詩にうたっている。

①（桓玄の幕僚「辛丑《かのとうし》七月赴仮還江陵夜行塗口」）＝＝第Ⅵ章三節

②（劉裕の鎮軍将軍府参軍「始作鎮軍参軍経曲阿作」＝＝第Ⅵ章四節

③（劉敬宣の建威将軍参軍「乙巳歳三月、為建威参軍使都経銭渓」＝＝第Ⅵ章五節

憧れの果てに帰ってきた田園であった。だが、そこにはそこで、社会の最底辺に置かれた農民達とさほど違わない生活の苦労が存在した。隠逸思想が士人層に流行し、隠士を尊敬する傾向が一種の風俗と化した当時にあって、いわゆる名流隠士は廬山や会稽は東山などの風光明媚の地に庵を結ぶ一方、都市の貴族層との「清遊」をたのしむのが慣しとなっていた。それら時代の風潮に背を向けて、生まれ在所の尋陽柴桑に戻っていった淵明にとって、農耕作業と酒を通しての農民との交流以外に必須欠くべからざるものは、詩の応酬や読書を共にできる文字の教養をもつ友人、（それは官僚と僧侶以外には存在しなかったが）、しかも中央権力と直結しない人物であった。

ところが、火事に焼け出されて定住の場を探していた彼にとって、思いがけない「物件」が現われた。柴桑城の郊外に県、郡程度の中級官吏たちが集団的に生活する「南村」と呼ばれる居住区が存在していたのである。「移居＝居を移す」二首（巻二・詩五言）からは、引越し作業に従い、新居に腰を据えた当座の、明るい心の弾みがおのずとあふれ出ている。

其一

昔欲居南村　非為卜其宅　昔南村に居せんと欲せしは　其の宅を卜せしが為に非ず
聞多素心人　楽与数晨夕　素心の（かざりけのない率直な）人多しと聞き　与に晨夕を数しばせんと楽《ねが》へばなり
懐此頗有年　今日従茲役　此を懐ひて頗る年有り　今日　茲の役《えき》に従ふ
敝廬何必広　取足蔽牀席　敝廬何ぞ必ずしも広きあらん　牀席蔽ふに足るを取る
鄰曲時時來　抗言談在昔　鄰曲時時に來り　抗言して（声を張りあげて）在昔を談ず
奇文共欣賞　疑義相与析　奇文（すぐれた詩文）共に欣賞し　疑義は相共に析《わか》つ

陶淵明の南村への転居は、心機一転、新しい生活を始める意気込みに燃えるものであった。そこには官僚への一歩を踏み出したばかりの意欲的な若者が、相当数見られたはずである。江州の名隠である陶淵明の謦咳に接することだけでも箔がつく時代にあっては、はじめは見得や興味本位であったものが次第に、人柄への率直な敬意や、真剣な詩作への取り組みに深まっていった場合も少なくなかったはずである。南村は淵明を中心とする郡県レベルの若手官僚の自由な詩文のサークルの根拠地であったと見ることができよう。

二十世紀の中国・日本で出版された『陶淵明集』のほとんどは、一八四〇年版の陶澍撰『靖節先生集（集注）』十巻を底本とするものである。この『陶淵明集』の次の二首の詩、あるいは序には「南村」の名はないがそれと明らかに推察される区域で、淵明と若い地方官が生活していたことが記されている。

①「与殷晋安別＝殷晋安と別る」（巻二詩五言）

「序」殷先作晋安南府長史掾、因居尋陽。後作大尉参軍、移家東下、作此以贈。＝殷は先に晋安南府長史の掾（下僚）と作り、因りて尋陽に居す。後に大尉（劉裕は四一一・義熙七年――四一八・同十四まで軍事総司令官たる大尉の地位にあった）の参軍と作り、家を移して東に下る。此を作りて以て贈る。

「詩」（二十句中第五――八句）

去歳家南里　薄作少時鄰　（殷君は）去歳南里に家し　薄《いささ》か少時の鄰と作る

負杖肆游従　淹留忘宵晨　杖を負ひて游従を肆《ほしいまま》にし　淹留（久しくとどまって）宵晨を忘る

②「答龐参軍」＝龐《ほう》参軍に答ふ（巻一詩四言）

「序」龐為衛参軍、従江陵使上都、過尋陽、見贈。＝龐は衛軍（衛軍将軍――四二四・少帝・景平二年――四二六・文帝・元嘉三年、荊州刺使を兼ねて衛軍将軍についていたのは謝晦であった。）の参軍為り。江陵より上都に使し、尋陽に過りて、贈らる。

「詩」（二十四句中第十七句――二十四句）

伊余懐人　欣徳孜孜　伊余《これ》が懐ふ人　徳を欣《よろこ》ぶこと孜孜たり（怠りない）

我有旨酒　与汝樂之　我に旨酒《うまざけ》有り　汝と之を樂しむ

乃陳好言　乃著新詩　乃ち好言を陳《の》べ　乃ち新詩を著はす

一日不見　如何不思　一日見《あは》ざれば　如何ぞ思はざらん

『靖節先生集』の巻二を中心に「和」「与」「示」の文字を題に冠した十三首ばかりの南村に住む長史、主簿、曹など若手官僚あるいは県令などとの応酬の詩が、無秩序に並んでいるが、いずれも相手へのあたたかな思いやりや、過度なほど率直な自身の生活あるいは内面の表白がなされている。

史伝には、東晋王朝最後の刺史王弘（安帝の義熙十四年〜恭帝の元熙二年）の執拗な「追っかけ」や、弘の手回しによると見られる著作佐郎の「お召し」などが記録されるが、淵明からすればありがた迷惑の類であったろう。彼が醒めた目で見つめていたのは陰険な「禅譲」の手段による易姓革命の行方であったと思われる。

政権を目指す大尉劉裕は、孫恩の弟子広州刺氏盧循の反乱鎮圧（四一〇・義熙六年）、反対派の主力、劉藩、謝混、劉毅、諸葛長民の打倒（四一二・三義熙八・九年）により国内を統一した後、再度にわたる騎馬民族国家への北伐（四〇九・一〇・義熙五・六〜南燕討滅）（四一六・十七、義熙十二・十三年〜後秦討滅、ただし直後に匈奴に占領地を奪回される）を実行し、帝位獲得の手形である九錫文《きゅうせきぶん》を宮廷から下賜された。

義熙年間の最後の年（十四年）十二月、劉裕は手筈に従って、配下を遣わし、安帝をくびり殺すと、ただちに弟の琅邪王司馬徳文を即位させ、元号を元熙と改めた。謚は恭帝である。翌四二〇年六月丁卯《ひのとう》（十四日）、帝は退位の詔に署名、零陵王に降格された。劉裕は即日建康の南郊に祭壇を築き即位の儀式をとりおこない年号は永初と定め、劉宋王朝の創建が確定した。だが劉裕は手を緩めず、王の郎中令張禕に鴆《ちん》の毒酒による殺害を命じた。禕は主君殺しに手を貸すことを恥じ、渡された毒酒をあおって死ぬ道を選んだ。結果、零陵王は永初二年九月末武装兵により扼殺された。

劉裕の簒奪行為が異常なまでに性急さを感じさせるのは、彼自身体調の不良を覚えていたためであったのか、若い頃受けた刀傷がもとでの発病であったという。ともあれ、即位の翌翌年（四二二・永初三年）病の床に臥し、五月の下旬息を引きとった。皇帝としてはまことにあっけない最後であった。享年六十、淵明より二歳上、完全に同時代を駆け抜けていった武将であった。

【注】

（1）『靖節集』の各巻の内容は以下の通りである。巻一詩四言・九首、巻二詩五言・二十九首、巻三詩五言三十八首、巻四詩五言五十一首（内末尾の「帰園田居」「問来使」「四時」は後人の偽作の竄入）、巻五賦・辞三首、巻六記・伝・賛・述五篇、巻七疏・祭文四篇、巻八「五孝伝（竄入）、巻九・巻十「集賢群輔録（竄入）」。したがって巷間で入手できる『陶淵明集』は基本的に七巻本である。

（2）二度の北伐に挑戦し、大尉左長史王弘の働きかけで九錫文（新王朝の簒奪者が「禅譲」の形で前王朝から権力を奪取しようとする際、高徳と功績によって、帝位を譲渡することを承認する前皇帝からの詔勅）を授与された劉裕は、先代孝武帝の末年、巫祝《ふしゅく》のくだした一条の讖《しん》（予言書）にこだわっていた。讖の文面には「昌明之後有二帝」とあった。「昌明」とは孝武帝の字である。禅譲が行われるためには今の安帝以外にもう一人の皇帝が存在しなければならない。裕は安帝を亡きものにした後、その弟徳文を皇帝につけ、その新帝から直接譲位させることを考え、近侍の王昭之に安帝殺害の命を与えておいた。

二　陶淵明と死

武帝劉裕は徐羨之《じよせんし》（尚書僕射《ぼくや》）、傅亮《ふりよう》（中書令）、謝晦《しやかい》（侍中）に後事を託したが、彼らは長子小帝劉義符がチンピラ風の不良少年で、政治は頭になく、遊楽に耽るばかりのため、皇帝の首のすげ替えを考えた。彼らが適当と判断したのは、第三子の荊州刺史宜都王義隆であった。次子の廬陵王（現江西省吉安市）義真は、聡明で詩文を愛する知識人だが、人物が軽薄で、周囲に謝霊運や顔延之などの文人を集め、自分が帝位に就いたら、彼らを宰相に取り立ててやろうと放言するような始末で、皇帝の器ではなく、小帝の道連れにしようという案であった。この前代未聞の弑逆事件は、四二四（小帝の景平二年）に実行された。だが帝位を指名された義隆は簡単には承諾せず、臣下の懇願に応じて上京したのはやっと二ヶ月もしてからであった。元号はこの年八月から元嘉と改まる。帝の謚号は文帝とされる。文帝は始め三人の重臣の意見を重んじたが、細心周到に皇帝の決済が最高の権限をもつものであるよう、朝議を進め、一年余を経た四二六（元嘉三年）正月、三人が大逆罪を犯した謀反人であるとする詔勅が発せられ、それぞれ個別に処刑された。陶淵明他界の年の前年であった。

この奇妙なお家騒動は、生前の淵明の耳にも、とうに達していたに違いない。尋陽は長江流域で、情報センターの役割を十分果たしていた城市である。特に淵明が南村で親しく交際していた龐某《ほう》は、荊州刺史兼右衛軍将軍謝晦の参軍として、少帝弑殺とその大逆罪問題の渦中で翻弄されたと推察される人物である。陶淵明集（巻一、四言）（巻二、五言）に各一首ずつ、公務の時間をさいて立ち寄った龐と別れる、切々たる思いのこめられた詩が見える。そのうえこともあろうに、弑逆に関係しながら、その責は問われず、征北将軍の立場で謝晦討伐軍をひきい、彼ら親子を建康に拉致して処刑した壇道済《だんどうさい》が、征南大将軍兼江州刺史として尋陽に赴任してくるのである。もう戦争だろうが、反乱だろうが、ちっともめずらしくなくなった時代とはいっても、(1)人間の生と死の錯綜する現実に、淵明はしばしば息をのまねばならなかったであろう。

「蕭伝（『南史』本伝にも）」には、『中国文学大辞典』の呉小平氏の紹介文のように（第Ⅰ章、三）、問題の道済が淵明の住まいを訪ねてきた一場面がスケッチされている。中央政府から派遣されてきた官僚とは接触しないというのが、「園田（城市と山林の中間・〈飲酒其の五〉の〝人境〟をも含む）」に居を設けた隠士陶淵明の原則的姿勢であったように見える。江州などにおける中央官僚といえばまず刺史である。刺史は同時に将軍でもあった。一人の人間が二つの顔を持っており、一つは平常心でありながら、もう一つは大量殺戮の血の臭いを強烈に放つ、そういう類の存在が、淵明には、生理的にたまらなかったのではないか。鎮軍将軍劉裕の同僚参軍であった王弘は東晋王朝最後の三年間、江州刺史兼撫軍将軍であった。史伝に弘が酒を餌に何とか淵明と好《よし》みを結ぼうと策略をめぐらす場面がいくつか出てくるが、淵明は酒はともかく王弘と会うのは我慢に我慢を重ねているという気分がありありと感じられる、ましてやいわく付きの壇道済に対しては、まさににべもないという形容がそのまま当てはまるだろう。

以上の文における私見を「死」という問題に集約していえば、陶淵明が住居を「園田」に定め、中級程度の若手官僚と交友を結んだ半面、刺史との接触を極力避けたのは、刺史が将軍という高級武官をも兼ねており、彼らの指揮する戦闘によって、非戦闘員である一般民衆をもふくめ、多数の人命を死に追いやることを体感した経験に基づいているためであろうという点に尽きる。ただ彼の場合、そのような感じ方を思想化するまでには至らず、その詩においては、専ら自己自身がいかに「死」と対峙するかの問題に集中して終わったと言っておきたい。

このことに関して、ながく在日して教鞭をとられた黎波氏の見解を以下に紹介しておく。

「役人生活に終止符を打ち、田舎にひっこみ、野良仕事をし、酒を楽しむという生き方の根底に横たわっているのは、死の意識であるとみれば、陶淵明の像が一層鮮明に浮かんでくる。彼は自分自身のための挽歌にとどまらず、自分のために韻文の「自祭文」という弔辞も書いているのである。彼は多くの詩の中で、死期を確固たるスケジュールとして意識しつつ、時間を逆算しながら生きているというモチーフをうんざりするほど繰り返し書いている。陶淵明は、与えられた時間には限りがある。時間はどんどん消えていく、その大切な時間をどう使うべきかを問い続けた。酒ではなく、死こそ陶淵明のテーマではなかろうか。」（『中国文学館』大修館書店、一九八四）

【注】

（1）第1章三節【注】（4）に引用した魯迅の「魏晋の気風および文章と薬および酒の関係」において、「さらに進んで晋末になりますと、もう戦争だろうが反乱だろうが、ちっともめずらしくなくなって、そこで文章もいっそう平和になりました。その平和な文章を代表する人に陶潜があります。」という一節が見える。

三　「自祭文」をどう読むか

陶淵明の年譜にかかわる問題で、作品およびその題名中に彼自身が記録しておいたもの以外に、文献上確定しているのはただ死去の年（四二七・劉宋の文帝の元嘉四年）だけであり、享年については、六十三歳が通説とされ、それに対し、南宋（一一二七〜一二七九）以来五つの有力な異説が出されてきたことを、第Ⅲ章二節で述べておいた。問題の根本は同時代（といっても通説では十六歳も年下）で、親交があったと自称する顔延之・字は延年の「陶徴士誄」の最も権威のある版本（李善注『文選』一一八一、南宋淳熙八年尤袤《ゆうほう》刊本）において、卒《しゅつ》年が欠落していることにある。

欠落を埋めるだけの権威を持つ沈約・『宋書』に基づく通説は、北宋時代（九六〇〜一一二六）の木版技術の発達を通して、『陶淵明集』にも普及していった。現在のわれわれが、容易に目にし得る曽集本あるいは南宋本に直結する李公煥注巻末の「顔誄」「蕭伝」のいずれもが、六十三歳卒を明記している。

淵明の作品中唯一卒年を記す「自祭文」も、次の序文で幕を開いている。もちろんその記述年月は、実際の他界の時期そのものではないことを前提としなければならない。ただ自祭文が一種の自伝の文学であることも、また無視はできない。

自祭文・序

歳惟丁卯、律中無射。歳は惟《こ》れ丁卯《ひおとう》（劉宋文帝の元嘉四年）、律（十二律）は無益《ぶえき》（この音が高らかに冴える九月）に中《あた》る。

天寒夜長、風気蕭索。天寒く夜長く、風気蕭索たり。

鴻鴈于征、草木黄落。鴻鴈于《ここ》に征き、草木は黄落す。

陶子将辞逆旅之館、永帰于本宅。陶子将に逆旅の館《やかた》を（仮の宿りのこの世に）辞し（別れを告げ）、永《とこし》えに本宅に（本来の住まいである黄泉路《よみじ》に）帰らんとす。

故人凄其相悲、同祖行于今夕。故人凄として其れ相悲しみ、同《とも》に今夕に祖行す（旅の平安の祈りを捧げる）。

羞以嘉疏、薦以清酒。羞《そな》ふるに嘉疏（つぶえりの米飯）を以てし、薦むるに清酒（澄んだ酒）を以てす。

候顔已冥、聆音愈漠。顔を候《うかが》ふに已に冥《くら》く、音を聆《き》くも愈《いよ》いよ漠たり。

嗚呼哀哉。嗚呼悲しい哉。

挽歌は柩を墓に送る際にうたわれた葬送の合唱歌で、前漢のものとして、「薤露《かいろ》」「蒿里」などの題と詞が伝えられるが、もとのままであるか否か定かでない。後漢から魏晋の頃には、古来の挽歌に代わる新作が作られ、酒場などで歌われる風潮が見られたりした。『文選』巻二十八「挽歌」の繆襲《びゅうしゅう》、陸機、陶淵明の作はその痕跡といえる。(1)

しかし「自祭文」は、自分が死んだものとし、葬儀の場でみずからの霊を慰めるために朗読することを想定した虚構の作にほかならない。その意味では未曾有の文学形式であった。それは一種グループ的な互いを意識しあった雰囲気の中でのみ発表されたものであったに違いない。

だから、この祭文を執筆した当時の淵明は、「気息庵庵、何日もつっ伏したままの、今はの際の状態」などでは決してなかったと、現在の我々想定する。しかし最も古い注の一つである、元初の李公煥注の末尾には「此の文は乃ち靖節の絶筆なり。」「東坡曰はく、淵明の『自祭文』は妙語を纊息の余り〈臨終の苦しい息の合間・〈纊息は瀕死の病人の鼻、口元に軽い綿毛を置いて呼吸の有無を確かめるもの〉〉より出す。豈（なんと）死生の流れ（人生における死と生との深いかかわり）に渉《わた》らんや（到達しているではないか）。」と見えている。

李公煥の生卒年は明らかでないが、彼よりほぼ一世紀ほど前の朱熹（一一三〇——一二〇〇）の『通鑑綱目』は、「宋元嘉四年、冬十一月、晋徴士陶潜卒。」と記録している。秋九月から二個月の後、病み疲れた陶淵明は、六十三歳を一期として、人生と訣別した。だが病床の彼はそれ以前つとに生への執着を乗りこえた境地に到達していたのだという認識が、宋代の士人の間に一般化していたことが推察できる。

晩秋九月、天高く夜長く、風気蕭索たる夕べは、黄泉への旅立ちにはまことにふさわしいひとときである。冒頭の六句中第二句以下は典故をも含みながら、いずれの語句を欠いても緊張がくずれる表現である。ただ一か所「丁卯《きのとう》」は、ある程度の範囲内で、他の干支に置き換えることが可能である。というよりも他の干支であったものを、淵明の死生観に即応して「丁卯」に変更したといった方が妥当である。現代の我々には、あくまでも虚構の作である自祭文」本文は、七段落からなり、各八句から十二句の四言押韻の文である。各段落の要旨は次のようにまとめられる。

第一段……自分の人生を顧みると、貧しいものであったが、それにくじけず懸命に働き続けてきた。

第二段……私は精一杯作物を育てるかたわら箏や書物を楽しみ、心ゆたかに人生の終わりを迎えた。

第三段……人々が名利にあくせくするのをよそに、私は酒と詩を友に、わが道を歩み続けた。

第四段……隠者として悔いなく死を迎える自分に、この世への未練はさらさらない。

第五段……私の遺骸は世間なみの墓穴に葬られていく。

第六段……人の世から隔てられたわが墓には、その目印もない。私は生前と死後の名誉には目もくれない。

第七段……人生はまことに難しく、死後はどうなることだろうか。

七段に分節化してまとめてみると、この祭文は結局三つの点に収斂されると思われる。一つは第一段から三段まで、生命あるときの自分は貧しいながら精一杯働き、楽しみを抱いて生きてきた。二つ目は第四段から六段まで、死者として埋葬される自分には生前、死後の名利にはいささかの未練もない。三つ目は第七段で、生きることの苦難と、死後の世界についての不安。「祭文」の主旋律を単純化すれば、達観・楽天の哲学ということになろう。同じ趣旨のことがらを繰り返し、くどい、と感じる読者もあろうが、平凡な日常生活のなかを一喜一憂し、もがきながら生きている者にとっては、淵明の表現を通して浮かび上がるイメージと情感には、容易に出会えない新鮮さと慕わしさを覚えずにいられないであろう。

しかし文末の二句「人生実難、死如之何＝人の生くること実に難し、死は之れを如何せん。」は、以上の澄んで明るい人生観と真っ向から矛盾する、生きる苦しみへの痛嘆と、死後の世界への懐疑の表明として読み得るものであり、その意味において極めて難解といわねばならない。浅学のため中国の研究文献において、この矛盾を取り上げた論稿に接していないが、敗戦直後の日本において、その矛盾に着目し、そこに「現実に対する痛々しい覚醒を見いだし」た、吉川幸次郎氏の『陶淵明伝』の例が存在する。ただし日本においても、なお見解が統一されてはいないといえよう[2]。小著冒頭にあげた陳忠九江師範専科学校（現九江学院）教授および学園当局のご尽力によって、過去二回「日中陶淵明学術討論集会」（九江師範専科学校、日本六朝学術学会共催）（一九九七年および二〇〇〇年）が開催された。これからこそ、日中「陶学」研究者の間で、このような問題について、意見の交換がなされることを強く期待せずにはいられない。

【注】

（1）一海知義「文選挽歌詩考」（京都大学『中国文学報』第十二冊　一九六〇）

（2）松枝茂夫・和田武司『陶淵明全集・下（岩波文庫・一九九〇）では、この部分を「それにしても人間、生きることのなんと難しいことであろう。それを思えば、死なんて別にどういうことはないのだ。」と訳されている。また伊藤直哉「最晩年のユーモア」（『笑いとしての陶淵明』五月書房、二〇〇一、第八章二二六ページ）には、「思うに、『人生実難、死如之何』には、吉川氏の解釈とは、かなり違った意味合いが込められているのだろう。（中略、おそらくその四字で）『わしは満足の行く人生を送ってこられたが、』かかる人生こそは実に苦難に満ちた歩みだったのだ（中略）それは逆方向からいうと『苦難と挫折に満ちた人生だったからこそ、克服の喜びも味えたのだ』という思いの表出なのである。」という見解が述べられている。

陶淵明年譜（通説・異説）

〔通説〕

西暦	皇帝	年号 干支	陶淵明の事績	通説による年齢	時代の状況
365	（東晋）哀帝 丕	興寧三 乙丑	江州尋陽郡柴桑県（今の江西省九江市の西に近接）に生まれる。東晋の元勲長沙郡公侃の曽孫、父の名は不明。『晋書』本伝に「祖父は茂、武昌の太守」と記される。	1歳	前燕、洛陽を陥れる。
366	廃帝 海西公 奕	太和元 丙寅		2歳	前秦、荊州を攻める。
367		太和二 丁卯		3歳	
368		太和三 戊辰		4歳	
369		太和四 己巳		5歳	桓温、前燕と河南の坊頭で戦って敗れる。前秦洛陽を陥れる。桓玄生まれる。

370		太和五 庚午		6歳	六月前秦王猛、前燕を攻め、十一月苻犍、鄴に入り、前燕を滅ぼす。
371	太宗 簡文帝 昱	咸安元 辛未		7歳	正月桓温、寿春を攻略する。十一月桓温、帝を廃し昱を立てる。
372		咸安二 壬申	この頃父に死なれる（「祭従弟教遠文」）。	8歳	七月帝死去。
373	孝武帝 曜	寧康元 癸酉		9歳	七月桓温死去。太后執政、謝安、王坦之これを助ける。
374		寧康二 甲戌		10歳	謝安中書令となり、王坦之軍事にあたる。
375		寧康三 乙亥		11歳	五月王坦之死去。七月前秦王猛死去。（フン族東ゴート族を征服、ゲルマン大移動始まる。）
376		太元元 丙子		12歳	正月領軍将軍郗愔を鎮軍大将軍に任命。前涼王張天錫、前秦に降る。
377		太元二 丁丑		13歳	
378		太元三 戊寅		14歳	四月前秦、河南の南陽を陥れる。慧遠、荊州より廬山に入り、東林寺の基をつくる。

379		太元四 己卯		15歳	前秦、湖北の襄陽を陥れる。 王羲之死去。
380		太元五 庚辰		16歳	
381		太元六 辛巳		17歳	
382		太元七 壬午		18歳	九月前秦、西域を討つ。 十月前秦、大挙して晋への攻撃開始。
383		太元八 癸未		19歳	八月前秦の大軍南下。 十月安徽の淝水で謝玄の指揮する八万の晋軍、九十七万の前秦軍を破る。
384		太元九 甲申	この頃結婚する。妻の姓氏不明、間もなく死去。のち翟氏と再婚（蕭伝）。二人の妻との間に五人の男子（儼、俟、份、佚、佟）をもうけた。	20歳	顔延之生まれる。 八月司空郗愔死去。
385		太元一〇 乙酉		21歳	五月前秦王苻堅殺される。 八月謝安死去。 謝霊運生まれる。 西燕西秦建国。
386		太元一一 丙戌		22歳	代の拓抜珪、国号を魏（北魏）と改める（道武帝）。

387		太元一二 丁亥		23歳	
388		太元一三 戊子		24歳	正月謝玄死去。
389		太元一四 己丑		25歳	この頃画家顧愷之活躍。
390		太元一五 庚寅		26歳	正月西燕、洛陽を攻略。廬山の慧遠、白蓮社を結成。
391		太元一六 辛卯		27歳	三月前秦後秦を攻める。十月北魏柔然を破る。匈奴劉衛辰敗死し、諸部北魏に帰属する。
392		太元一七 壬辰	この頃までに「五柳先生伝」を書く。	28歳	前秦、後秦戦う。
393		太元一八 癸巳	はじめて官界に出、江州の祭酒となるが、間もなく辞職して帰宅した。その後州から主簿となることを求められたが辞退した（『宋書』本伝）。	29歳	後燕、西燕戦う。後秦王姚萇死去。
394		太元一九 甲午		30歳	後秦、前秦を滅ぼす。後燕、西燕を滅ぼす。
395		太元二〇 乙未		31歳	後涼、後秦戦う。北魏、後燕を山西の参合陂で破る。彫塑家戴逵死去。

396		太元二一 丙申		32歳	四月後燕王垂死去。九月孝武帝変死。皇太子徳宗即位。
397	安帝 徳宗	隆安元 丁酉		33歳	正月禿髪烏孤、南涼を建国。夏段業、北涼を建国。謝恵連生まれる。
398		隆安二 戊戌		34歳	正月慕容徳、南燕を建国。七月桓玄、王恭、殷仲堪ら反乱を起こすが、劉牢之の裏切りにより挫折。
399		隆安三 己亥		35歳	十月奴客徴発令に反対して孫恩の農民暴動おこる。十二月桓玄、殷仲堪を殺して荊州刺史となる。後秦洛陽を攻める。法顕インドに向かう。
400		隆安四 庚子	桓玄の幕下に入る。建康に使いする。「庚子歳、五月中、従都還、阻風于規林」二首の作。	36歳	孫恩、会稽郡を一時制圧するが、劉牢之によって撃退される。七月西秦、後秦に降伏。李暠、南涼を建国。

401		隆安五 辛丑	桓玄の幕府に勤務。七月頃一時帰郷。「辛丑歳、七月、赴暇、還江陵、夜行塗口」の作。冬、母の喪に会い（「祭程氏妹文」）、桓玄のもとを辞して帰郷、農耕生活に入る。	37歳	六月孫恩の水軍、建康に迫る。劉裕これを撃退。北涼建国。後涼、後秦に降伏。
402		元興元 壬寅（桓玄 大亨元）	母の喪に服し、家で農耕生活を送る。	38歳	三月劉裕、孫恩の乱を鎮圧、孫恩自殺。桓玄軍を率いて建康に入城、劉牢之自殺。十二月桓玄、会稽王道子を処刑。慧遠、劉遺民ら百二十三人と仏前で往生を誓願。
403		元興二 癸卯（桓玄 大亨二 永始元）	家で農耕生活を送る。「癸卯歳、始春、懐古田舎」二首、「癸卯歳、十二月中作、与従弟敬遠」の諸作。	39歳	八月桓玄宰相となり、楚王を名のる。十二月桓玄、帝位につき、国号を楚とし、安帝を尋陽に幽閉。

404		元興三 甲辰 （桓玄 永始二）	郷里を出て、鎮軍将軍に任じたばかりの劉裕の参軍となる。「始作鎮軍参軍、経曲阿作」。間もなく劉裕の下を離れ、帰郷して江州刺史・建威将軍劉敬宣の参軍となる。	40歳	二月劉裕、桓玄打倒のクーデターを起こす。三月桓玄敗走、江州に幽閉中の安帝を江陵に連れ去る。劉裕、諸将から鎮軍将軍に推される。五月桓玄、江陵で敗死。慧遠、この年「形尽神不滅論」を執筆。
405		義熙元 乙巳	「乙巳歳三月、為建威参軍、使都、経銭渓」の作。三月劉敬宣の建威将軍辞任とともに参軍をやめる。仲秋彭沢の令となる。十一月程氏に嫁した義妹の訃報があり、県令を辞任、帰郷して終身の隠逸生活に入る。「帰去来兮辞」を作る。	41歳	正月後秦鳩摩羅什を国師とする。三月安帝、建康に還る。劉裕、侍中、車騎将軍、都督中外諸軍事となる。四月劉裕、京口（鎮江）に幕府を開く。
406		義熙二 丙午	春から夏にかけて「帰園田居」五首の作。	42歳	十月劉裕予章郡公となる。
407		義熙三 丁未	五月「祭程氏妹文」の作。	43歳	二月桓玄とよしみのあった殷仲文・殷叔文・殷道叔・駱球を処刑。六月赫連勃勃、夏王を称する。
408		義熙四 戊申	六月火災に遇い、もよりの舟に一家仮住まいをする。「戊申歳六月中、遇火」の作。	44歳	正月劉裕、揚州刺史、録尚書事となる。

409		義熙五 己酉	「己酉歳、九月九日」の作。	45歳	三月劉裕、南燕を攻撃。十月馮跋、北燕を建国。後燕滅ぶ。北魏王臣下に殺される。
410		義熙六 庚戌	「庚戌歳九月中、於西田穫早稲」の作。この頃の秋、尋陽城（柴桑城）の南郊に転居か。「移居」の二首の作。	46歳	二月南燕を滅ぼす。広州刺史盧循そむき、北上、江州に侵入。尋陽も戦場となる。
411		義熙七 辛亥	仲秋互いに深く信頼しあった従弟敬遠、三十一歳で死去。「祭従弟敬遠文」の作。	47歳	二月劉裕大尉に任命。四月盧循、鎮圧される。
412		義熙八 壬子		48歳	九月劉裕、反対派の劉藩・謝混・劉毅らを攻めて殺す。
413		義熙九 癸丑		49歳	三月劉裕、反対派の諸葛長民と弟の黎民、従弟の秀之を殺す。
414		義熙一〇 甲寅		50歳	六月西秦、南涼を滅ぼす。
415		義熙一一 乙卯	江州刺史劉柳の後軍功曹であった顔延之、淵明を訪問、以後親交を結ぶ（『宋書』）。この前後重い病にかかる。「与子儼等疏」の作か。	51歳	一月荊州刺史司馬休之、雍州刺史魯宗之挙兵、劉裕に討たれる。四月青・冀二州刺史劉敬宣、部下に殺される。

416		義熙一二 丙辰	慧遠のもとで修行していた周続之が慧遠入寂後、江州刺史周続之が慧遠入寂後、江州檀韶の招きにより、州府で礼を講じたことに対し、隠遁生活に戻ることをすすめる。「示周続之、祖企、謝景夷三郎」の作。「丙辰歳八月中、於下潠田舎穫」の作。	52歳	刺史劉柳死去、檀韶交代 八月劉裕北伐、後秦を攻撃。 十月洛陽を陥れる。 慧遠死去（八十歳）。
417		義熙一三 丁巳	左将軍朱齢石の長史の羊松齢が命を奉じて関中に派遣されるのに際し、送別の詩を送る「贈羊長史并序」の作。	53歳	八月劉裕、長安を攻略し、後秦王姚泓をとらえ、後秦滅ぶ。 十月劉裕功により相国宋公の称号を受ける。
418		義熙一四 戊午	この頃以降「桃花源記并詩」を書く。 この頃朝廷から著作佐郎として召されるが辞退。	54歳	十一月長安、夏の赫連勃勃によって奪われる、朱齢石戦死。 十二月劉裕安帝を縊殺する。 琅邪王徳文即位。刺史王弘赴任
419	恭帝 徳文	元熙元年 己未	この頃撫軍将軍、江州刺史の王弘が、淵明の知友を通じ飲酒をもってよしみを深めようと働きかけたエピソードが『宋書』本伝以下の諸伝に見える。	55歳	七月劉裕宋王となる。
420	(宋) 武帝 劉裕	(元熙二年) 永初元 庚申		56歳	六月劉裕、恭帝に禅譲を強要、みずから帝位につき、国号を宋と定める。恭帝を零陵王に遷す。刺史王弘帰京。

421		永初二 辛酉	この年の後半から翌年、あるいは翌翌年の頃にかけて「述酒」詩を書く。秋、「於王撫軍座送客」の作。	57歳	九月零陵王（恭帝）劉裕のつかわした兵士によって扼殺される。
422	少帝 義符	永初三 壬戌		58歳	五月武帝（劉裕）死去。皇太子義符即位。十二月北魏、宋を攻撃する。
423		景平元 癸亥	顔延之、始安郡（今の広西壮族自治区の桂林）の太守となり、尋陽を通過するたびに、淵明のもとに立ち寄り、酒を汲みかわす（『宋書』本伝）。	59歳	
424	文帝 義隆	景平二 元嘉元 甲子		60歳	五月徐羨之、傅亮、謝晦ら少帝を廃し、六月これを殺す。八月荊州刺史劉義隆（武帝の第三子）を迎えて帝位につける。
425		元嘉二 乙丑		61歳	
426		元嘉三 丙寅	この頃征南大将軍、江州刺史檀道済が淵明を訪問、病臥中の彼に肉を贈ったが、受け取ろうとしなかったというエピソードが梁の昭明太子蕭統の「陶淵明伝」中に見える。	62歳	正月文帝、宰相徐羨之を罪し、羨之自殺。傅亮を誅殺。二月荊州刺史謝晦そむき殺される。檀道済刺史として赴任。

427		元嘉四 丁卯	梁の沈約の『宋書』隠逸伝は「潜、元嘉四年卒す。時に年六十三。」と記す。死後「顔誄」において諡は「靖節徴士」と記される。	63歳	

〔異説〕

享年	出生年	皇帝	年号干支	提唱者	出典
七十六歳	352	東晋 孝宗 穆帝 司馬聃	永和八年 壬子	（南宋）張縯	「呉譜弁証」（元李公煥『箋注陶淵明集総論』四部叢刊）
五十六歳	372	簡文帝 昱	咸安二年 壬申	（民国）梁啓超	「陶淵明年譜」（『陶淵明』上海商務印書館一九二三）
五十二歳	376	孝武帝 曜	太元元年 丙子	（民国）古直	「陶靖節年譜」（『陶靖節詩箋』中華書局一九七二、発表は一九二六）
五十九歳	369	海西公廃帝奕	太和四年 己巳	（人民共和国）鄧安生	「陶淵明終年五十九歳弁正」（『陶淵明年譜』天津古籍出版社一九九一）
七十六歳	352	穆帝	永和八年 壬子	（人民共和国）袁行霈	「陶淵明享年考弁」「陶淵明年譜彙考」「陶淵明作品系年一覧」（『陶淵明研究』北京大学出版社一九九七）

おわりに（補遺を兼ねて）

以上各史伝と作品を軸として、一千六百年にわたる陶淵明の伝記研究の堆積の一端と、そこから生成された隠士・詩人である彼の人間像が、広汎な中国の人びとに親しまれている輪郭のトレースをこころみた。ただその詩文の表現の本質に迫ることは、著作の目的からして、できるだけ慎んできた。だが非社会的存在の隠士でありながら、同時に生得の詩人でもあった淵明の場合、その詩文の表現と内なる思想は、否応なく時代を超えて人の心をとらえずにはおかないのは当然である。魯迅の指摘するように（一九二七、広州学術講話——第Ⅰ章三節注3）、同郷の翟法賜などと全く異なり、世を捨てたはずの淵明は俗世間を超越することなどできない存在であり、家族を起点とし、周囲の親戚、出入りの百姓、南村の若い知識人などと心を開いて交わる生活、あるいは政治の流れ、人間の生死の凝視を、何よりも大切にしていたからである。

右の意味において、文学作品としても最高の完成度を有する「桃花源記　并序」を取り上げ、全体の補遺を兼ね、陶淵明の社会意識について若干のコメントをほどこすことを寛恕願いたい。

近代中国の代表作家沈従文《しんじゅうぶん》（一九〇二〜一九八八）は、「全中国の読書人は、唐代以来『桃花源記』一篇を読むべく運命付けられている。」（「桃源と沅州」『湘江散記』）と記している。「記」は僅か三二〇字余りの小品、詩は五言四章三十二句。「記」の内容はあまねく知れ渡っている。また詩の冒頭二章には、桃源の村の特徴が集約的に表現されている。

嬴氏乱天紀　嬴《えい》氏（秦王の姓、・ここでは始皇帝嬴政）天の紀《さだめ》を乱し
賢者避其世　賢者は其の世を避く
黄綺之商山　黄（夏黄公）綺（綺里季）は商山に之《ゆ》き（上の二名と東園公、甪里《ろくり》の四名は商山に隠れ、四皓として尊敬された）
伊人亦云逝　伊《こ》の（桃源の）人びとも亦た云《ここ》に逝く
往跡寖復湮　往きし跡は寖《ようや》く復た湮《うづも》れ
来徑遂蕪廃　来れる徑は遂に蕪廃せり

相命肆農耕　相命じて農耕に肆《つと》め
日入従所憩　日入れば憩《いこ》ふ所に従ふ
桑竹垂余蔭　桑竹はあり余れる蔭《かげ》を垂れ
菽稷随時藝　菽《まめ》と稷《きび》とを時に随ひて藝《う》ふ
春蚕収長糸　春の蚕に長き糸を収め
秋熟靡王税　秋の熟《みのり》には王の税靡《な》し

桃花源の変哲のない農村風景がアジア的ユートピアの夢を具現化したものであることは先学によって言いつくされているが、その原型については、古くから解釈の分かれるところである。例えば南北朝大騒乱の渦中の道教徒は、世の終末を逃れるため、地下深いところ、地上世界を復元した「洞天福地」の存在を信じた。漁師が桃花の林の奥に見出した洞穴はとりもなおさず洞天福地への入り口だというのである。唐の詩人たちはこの世と隔絶した仙境をイメージしていた（例えば「春来遍是桃花水　不弁仙源何処尋＝春来れば遍く是れ桃花水　弁ぜず仙源、何れの処に尋ぬるを」王維「桃源行」）。さらに北宋の人たちには、桃源が我われの生活空間と地続きで、権力の収奪のない自然共同体であるという主張が表れた（例えば「児孫生長与世隔　雖有父子無君臣＝＝児孫生長して世と隔り　父子有りと雖も君臣無し」

王安石「桃源行」)。王氏のような桃花源が現実世界に直結しているという発想は、近代になるとさらに歴史学的に具体化され、魏晋の頃黄河支流域の山間に難を避けるため作られた堡《ほ》塢《お》(とりで)に由来するという陳寅恪氏の「桃花源記傍証」・『清華学報』十一巻一期(一九三六)に、人民共和国成立後は民俗学的な視点から、華中の苗族など少数民族の生活に取材したとする研究も現われている(馬少僑「桃花源記社会背景試探」・『求索』一九八一第三期。劉自斉「桃花源記与湘西苗族」(『学術月刊』一九八四第七号)。

桃源の小世界(トポス)は右のさまざまな見解を受容する広さと深さを有しているといえよう。ただその是非をさぐるより、筆者の心に強く迫ってくるのは、淵明その人が天下の人すべての生命を支える農業労働に従事する尊さを、当時の知識人、いな現代の我われの思いも及ばぬ深い次元で体感していたことである。その鋭敏さはまだ若い時期の作である「勧農」にもうたわれている。

悠悠上古　厥初生民　傲然自足　抱樸含真＝悠悠たる上古　厥《そ》の初めの生民　傲然として自足し　樸を抱き真を含む

母の喪で帰郷し、はじめて本気で農作業に携わった体験「癸卯歳始春懐古田舎＝癸卯の歳、始春、田舎に懐古す」では、畑仕事のあとの思いを次のように謙虚にうたう。

日入相与帰　壷漿労近隣　長吟掩柴門　聊為隴畝民＝日入りて　相与に帰り　壷漿もて近隣を労《ねぎら》ふ　長吟しつつ柴門を掩《とざ》し　聊か隴畝《ろうほ》の民(本物の農民)と為なれり

生命の糧を育てる農民は歴史時代の開幕とともに社会の最底辺に置かれ、常にさげすまれ、最大限の苦痛を嘗めさせられてきた。しかし桃源の百姓たちは自然の推移にしたがって規則正しくはたらき、つましくはあっても満ち足りた暮らしを営み、年寄り幼児らの弱者もすこやかに生きることを保証されている。見たこともない余所者が迷いこんできても、あたたかに招きいれて心づくしのご馳走でもてなす。漁師の語る漢から魏晋にかけての血生臭い動乱の歴史には、誰もが「嘆惋」するのである。「嘆惋」は多くの注釈では「驚いてため息をつく」というように訳されているが、「惋」は『説文』『広雅』などの字書には見えぬ文字であり、嘆く、口惜しがるなどが基本で、驚くという意味はない。「嘆惋」の熟語は「桃花源記」が最初の用例だと断言できよう。ここでは大きな不幸を人びとにもたらさずにはおかない戦乱の凄まじさに心を痛めてため息をつくばかりであったと理解すべきである。

結論として著者が指摘したいのは、『詩経』のいにしえからこのように農村と農民をクローズアップし、血の通った人間として描いた作品は、「桃花源記　并序」を置いて他には存在せず、そこに陶淵明の社会意識の時間を超える新しさの原点が見出せるということである。

小著の成るに当っては、茨城キリスト教大学当局、文学部、言語文化研究所所員各位および文学部長、教授会の格別なご配慮をいただきました。現役ならばともかく、定年退休の身に余る光栄に存じます。

加齢に伴う健康の不均衡、不馴れなデジタル入力の混乱などにより、予定の期間を大幅に超過いたしたにもかかわらず、忍耐強く待ちに待ってくださり、微細な点まで懇切なご指導を賜った染谷智幸教授はじめ関係の皆様方に心からのお詫びと御礼を申しあげます。

また笠間書院の池田つや子社長には、厳しい時代の状況にもかかわらず快く出版をお引き受けいただきましたこと、編集長の橋本孝氏、編集部の岡田圭介氏には、面倒極まる作業を終始誠心をもってお進めいただきましたこと、ただただ低頭申し上げます。

二〇〇七年三月一〇日　上田　武

著者紹介

上田　武（うえだ　たけし）

1932年、山梨に生まれる。東京教育大学文学部卒業。茨城大学人文学部教授・茨城キリスト教大学文学部教授等を歴任。六朝学術学会理事、中国文化学会理事、全国漢文教育学会理事。
主著：『陶淵明伝－中国におけるその人間像の変遷』（訳・補説、汲古書院）、『陶淵明集全釈』（共著、明治書院）。

茨城キリスト教大学言語文化研究所叢書
陶淵明像の生成　どのように伝記は作られたか

2007年3月30日　初版第1刷発行

著者　上田　武

発行者　池田つや子
発行所　有限会社　笠間書院
東京都千代田区猿楽町2-2-3［〒101-0064］
電話 03-3295-1331　Fax 03-3294-09936
装幀　笠間書院装幀室

ISBN978-4-305-70349-1
印刷・製本　壮光舎印刷
（本文用紙・中性紙使用）

出版目録は上記住所または下記まで。
http://www.kasamashoin.co.jp/